बयान

(ग़ज़ल संग्रह)

बयान

अनंत आचवल

प्रलेक प्रकाशन

प्रलेक प्रकाशन

PRALEK PRAKASHAN

(an Imprint of "PRALEK PUBLISHING HOUSE PVT. LTD.")

मुख्य कार्यालय : 702, जे-50, ग्लोबल सिटी, विरार (वेस्ट), मुम्बई, महाराष्ट्र-401303

दिल्ली एनसीआर ऑफिस पता : 03/सी, ज्ञान खण्ड-4 इंदिरापुरम गाज़ियाबाद, उ.प्र.-201014

E-mail : pralek.prakashan@gmail.com

Website : www.pralekprakashan.com

दूरभाष : +91 7021263557

बयान : अनंत आचवल

Bayaan : by Anant Achwal

ISBN : 978-93-5500-90-81

प्रथम पेपरबैक संस्करण : 2024

मूल्य :

मुद्रक : रेप्रो इंडिया लिमिटेड

आवरण एवं पुस्तक सज्जा : प्रलेक स्टूडियो

(प्रलेक प्रकाशन का लोगो मिक्की पटेल की तूलिका से।)

समर्पण

प्रथम ग़ज़ल संग्रह
माताजी स्व. शोभना आचवल
को समर्पित है।
जिनसे पढ़ने-लिखने की सीख समझ
और
प्रेरणा मिलती रही...

अपनी बात

स्कूल कॉलेज के दिनों से ही, ग़ज़ल विधा के प्रति एक आकर्षण रहा ..उन दिनों 'धर्मयुग' 'सारिका' 'कादम्बिनी' और 'नवनीत' जैसी प्रतिष्ठित लोकप्रिय पत्रिकाओं में ग़ज़लें प्राय: नियमित रूप छपा करती... बड़े भाई साहब श्री उदय आचवल का रुझान भी कविताओं ग़ज़लों की ओर था, उन्हीं की देखादेखी ये शौक हमें भी लग गया, बरसों पत्र पत्रिकाओं में ग़ज़लें पढ़ने के बाद वर्ष 2015 से उस्तादों से भरे पड़े ग़ज़लों के मैदान में संकोच के साथ हाथ आजमाना शुरू किया... इन गजलों में शास्त्रीयता से अधिक कथ्य पर फोकस रहा है अब मूल्यांकन पाठकों के हाथ में है...

छंद बद्ध कविताओं की उपस्थिति पत्र-पत्रिकाओं में कम होती गई है.. लेकिन भाषाई सीमाएँ लाँघ कर ग़ज़लें लोकप्रिय बनी हुई हैं ग़ज़ल के तेवर.. मिजाज और भाषा में सामयिक बदलाव आया है..ग़ज़लों ने स्थानीय भाषाओं बोलियों के शब्दों को आत्मसात किया है और जनसामान्य के दुख पीड़ा संघर्ष व्यथा जद्दोज़हद को प्रभावी अभिव्यक्ति दी है..एक छोटा-सा प्रयास मैं भी कर रहा हूँ।

ये मेरा पहला ग़ज़ल संग्रह ..व्यवस्था से जूझते और जटिल तंत्र से दो दो हाथ करते सामान्य आदमी का 'बयान' है, उन सभी के प्रति आभार जो लिखने के लिये प्रेरित प्रोत्साहित करते रहे हैं।

सस्नेह

-अनंत आचवल

गढ़ी बीना (म.प्र.)

अनुक्रम

कविता खण्ड

ग़ज़ल-1

मंज़र–मंज़र बोल पड़ेगा
पत्थर–पत्थर बोल पड़ेगा

यहाँ सनातन सत्य छुपा है
कंकर–कंकर बोल पड़ेगा

टूटेगी जिस दिन ख़ामोशी
अक्षर–अक्षर बोल पड़ेगा

बेहतर हो इंसाफ समय पर
वरना दर–दर बोल पड़ेगा

कोशिश से पत्थर घुलते हैं
झरना झर–झर बोल पड़ेगा

खोल दो खिड़की दरवाज़े सब
देखना घर–घर बोल पड़ेगा

बोलेंगी दीवारें खुलकर
ढांचा ज़र–जर बोल पड़ेगा

दिल में श्रद्धा जागेगी और
जन–जन हर–हर बोल पड़ेगा

❖❖❖

ग़ज़ल-2

दिखे है दूर–दूर तक ज़रूर अँधेरा
रहता नहीं है देर तक मग़रुर अँधेरा

जुगनू की तरह होंसला रखना संभाल कर
हरगिज़ नहीं करना कभी मंजूर अँधेरा

लढ़ना चिराग़ की तरह है आंधियों के साथ
देखा है हमने बारहा मज़बूर अँधेरा

हाक़िम वही मुंसिफ़ हुकूमत उसी की है
बतलायेंगे मिलजुल के बेकसूर अँधेरा

रौनक है महफ़िलों में यहाँ असलियत ये है
गुमनाम रोशनी बहुत मशहूर अँधेरा

आएगा आफताब लिए रोशनी सुबह
मुमकिन रहे कुछ देर तक भरपूर अँधेरा

बुझने न पाए देखना मशाल साथियों..
आगे अभी है राह में कुछ दूर अँधेरा

❖❖❖

ग़ज़ल–3

आँखों में कई ख़्वाब लिए दौड़ रहा है
ग़मों का एक सैलाब लिए दौड़ रहा है

राहों की तीरगी से बड़ा हौसला लेकर
ज़ेहन में आफताब लिए दौड़ रहा है

देश की चिंता उसे सरहद पे पहुँचना
जोश ए इंकलाब लिए दौड़ रहा है

बदलेगा मुल्क देखना छटेगा अँधेरा
नज़रों में युवा आब लिए दौड़ रहा है

दौड़ रहा है वो इधर हम भी चल पड़ें
जुनून बेहिसाब लिए दौड़ रहा है

❖❖❖

यह ग़ज़ल सेना की तैयारी के लिए दिल्ली की सड़कों पर दौड़ रहे प्रदीप मेहरा को समर्पित है।

ग़ज़ल-4

दिशा दिशा उल्लास फिर से होली पर
मिलकर हो परिहास फिर से होली पर

रह ना जाएँ कोई कोना रंग विहीन
रंग देंगे आकाश फिर से होली पर

मिलजुल झूमें गाएँ सब इस उत्सव पर
भूलें सब संत्रास फिर से होली पर

नहीं उदासी दिखे किसी के चेहरे पर
करना यही प्रयास फिर से होली पर

नहीं करेंगे कमियों पर उपहास कभी
स्वस्थ रहे परिहास फिर से होली पर

अहंकार पद सत्ता ज्ञान भुलाकर हो
बचपन का अहसास फिर से होली पर

❖❖❖

ग़ज़ल–5

दुनिया भर का बोझ उठाया करता था
जंगल बादल बारिश लाया करता था

सारे मौसम ना जानें क्यों गुमसुम हैं
हर इक मौसम नाचा गाया करता था

कितने किस्से छूट गए चौपालों पर
बूढ़ा पीपल नित्य सुनाया करता था

नहीं रही अब चहल पहल उन गलियों में
जिन गलियों में दिल ले जाया करता था

धूप ग़मों की जब झुलसाया करती थी
चुपके से बढ़कर वो साया करता था

हम भी कुछ सहमे सहमे से रहते थे
रह रह कर वो भी शरमाया करता था

लौट आते हम नम आँखें मुस्कान लिए
वो भी अपना दर्द छुपाया करता था

शेष अगले पेज पर

पिछले पेज का शेष

हर शय में था जिसे ढूँढने रोजाना
मंदिर मस्जिद आया जाया करता था

दिखा नहीं पर कोई अक्सर साथ रहा
वक्त हमें जब भी अजमाया करता था

❖❖❖

ग़ज़ल-6

जब भी मुश्किल सवाल आया है
तिरा ही बस खयाल आया है

हुकूमत से जवाब मांगा था
हाकिमों से सवाल आया है

जिसका वादा था रोशनी देगा
धूल आँखों में डाल आया है

परिंदे मांगते थे आजादी
देख सोने का जाल आया है

यहाँ ठहरा था पानी बरसों से
क्यूँ पत्थर उछाल आया है

रंज ओ बेबसी को नाहक तू
शायरी में निकाल आया है

❖❖❖

ग़ज़ल-7

बरसों तक नादान रहा हूँ
दुनियाँ से अंजान रहा हूँ

अकल ठिकाने अब आई है
बचपन में शैतान रहा हूँ

मुझसे होकर अब रस्ता है
पहले कभी मकान रहा हूँ

आँख बचाकर चला गया है
मैं उसको पहचान रहा हूँ

नहीं ज़माने से शिक़वा है
ख़ुद से ही हैरान रहा हूँ

सोने जैसे यार मिले हैं
इस नाते धनवान रहा हूँ

जात धरम से पहले केवल
मैं तो बस इंसान रहा हूँ

मिट्टी हूँ मिट्टी में मिलना
रफ़्ता-रफ़्ता जान रहा हूँ

❖❖❖

ग़ज़ल-8

झूठ मुखर है
सच कातर है

गाँव गाँव है
शहर–शहर है

ग़मों से रिश्ता
जीवन भर है

साथ में चलना
हिम्मत गर है

कड़ी धूप है
नहीं शज़र है

साथ निभाना
प्यार अगर है

तुम बिन जीना
नित्य समर है

शेष अगले पेज पर

पिछले पेज का शेष

मेरे हो तुम
तुम्हें ख़बर है

सबको जाना
कौन अमर है

बात पते की
लघु बहर है

❖❖❖

ग़ज़ल–9

जितने ख़्वाब दिखाती नींद
अक्सर सुबह भुलाती नींद

रातों को तरसाती नींद
सुबह–सुबह आ जाती नींद

झूठे हो या सच्चे हों
सपने नित्य सजाती नींद

लौट के तुम आ जाओगे
झूठ–मूठ बहलाती नींद

यादें लेकर आती है
अक्सर हमें सताती नींद

एक ना इक दिन आएगी
हमको हँसती गाती नींद

है मेहनत का पारिश्रमिक
सबको नित्य जताती नींद

❖❖❖

ग़ज़ल-10

मैंने झाँका है दिखा है मुझमें
अच्छा है, कुछ बुरा है मुझमें

तल्ख़ नाजुक मिज़ाज है अपना
मियाँ ये ऐब ज़रा है मुझमें

आग पकडूँगा रोशनी दूँगा
अभी कुछ देर धुंआ है मुझमें

पेश आता है अजनबी जैसे
वो जो उम्र भर रहा है मुझमें

स्याह ज़ुल्फ़ों की ओट रहने दे
इक बुझता–सा दिया है मुझमें

धड़कनें तेज़ हुई हैं क्यूँ कर
कौन आया है रुका है मुझमें

फ़क़त मिट्टी हूँ अहसास हूँ मैं
सिवाय इसके क्या है मुझमें

सबके चेहरे पर मुस्कुराहट हो
बस यही ख़्वाब बचा है मुझमें

❖❖❖

ग़ज़ल-11

दिन में तारे देखे हैं
अजब नज़ारे देखे हैं

बेबस हिज़रत देखी है
वक्त के मारे देखे हैं

जाने कैसा मर्ज़ है ये
ख़ौफ़ में सारे देखे हैं

बड़ी चुनौती सामने है
साफ इशारे देखे हैं

जहाँ पे चर्चा होनी थी
वहाँ पे नारे देखे हैं

गर की बात ग़रीबी की
कागद कारे देखे हैं

अभी धरा पर आए हैं
चाँद सितारे देखे हैं

शेष अगले पेज पर

पिछले पेज का शेष

थाम रखो पतवार अभी
दूर किनारे देखे हैं

हमें वही समझा जिसने
घाव हमारे देखे हैं

❖❖❖

ग़ज़ल–12

दीप उजाला बाती अम्मा
तिल तिल जलती जाती अम्मा

मीठी लोरी गाती अम्मा
रोजाना याद आती अम्मा

सबको ख़ूब खिलाती पहले
फिर थोड़ा कुछ खाती अम्मा

बाबूजी जब गुस्सा करते
मंद–मंद मुस्काती अम्मा

दिन में कान उमेठा करती
किस्से रात सुनाती अम्मा

गुस्से में जब पीटा करती
आँसू स्वयं बहाती अम्मा

सारे दर्द छुपाकर रखती
खुलकर कहाँ बताती अम्मा

चोट लगे या कोई ग़म हो
पहले बस याद आती अम्मा

❖❖❖

ग़ज़ल-13

मुश्किल सही हालात मगर हौसला रक्खें
निकलेगी कोई राह अगर हौसला रक्खें

निकले हैं निकलते हैं निकलेंगे रास्ते
ये दौर भी जाएगा गुज़र हौसला रक्खें

कितनी ही मुश्किलों को हमने पार किया है
कुछ रोज़ घर पे जाएँ ठहर हौसला रक्खें

भयभीत हो के जीतना मुमकिन नहीं ये जंग
हरगिज़ नहीं फैलाएँ डर हौसला रक्खें

रहना है सावधान और तैयार साथियों
दुश्मन ने फिर ढाया है कहर हौसला रक्खें

हर जंग से इंसानियत निकली है जीतकर
जीतना है ये भी समर हौसला रक्खें

लेता है इम्तिहान वो रह रह के अगरचे
देता भी तो है वो ही हुनर हौसला रक्खें

शेष अगले पेज पर

पिछले पेज का शेष

आएगी शाम खुशनुमा लौटकर फिर से
बेशक़ कड़ी है दोपहर हौसला रक्खें

दर पे उसके देर है अँधेर नहीं है
हो प्रार्थना प्रयास सबर हौसला रक्खें

❖❖❖

यह ग़ज़ कोरोना काल की परिस्थितियों पर लिखी गई है।

ग़ज़ल–14

रक्खें संभव दूरी अब के होली में
है ये बहुत ज़रूरी अब के होली में

रंग उड़ाएँ हैं शब्दों के फागुन में
क्या करते मज़बूरी अब के होली में

तन ना भीगे सरोबार मन रहना है
है तैयारी पूरी अब के होली में

प्रिय संग रंग ठिठोली जमकर हंगामा
रह गई साध अधूरी अब के होली में

रहे मुबारक होली हरगिज़ ना पीना
भांग–शांग अंगूरी अब के होली में

❖❖❖

कोरोना काल की होली पर

ग़ज़ल-15

जाने क्या समझा कर के
चला गया बहला कर के

नींद ले गया है हमसे
झूठे ख़्वाब दिखा कर के

प्यार कोई अहसान नहीं
हमने कहा जता कर के

शायद कुछ कम हो जाए
दिल का दर्द बयाँ कर के

अपना क्या है चल देंगे
थोड़ा हँसकर गा कर के

सारी ख़ुशियाँ बाँट दिए
रक्खी नहीं बचा कर के

न जानें क्यों ज़ख़्म मिले
देखा अगर भला कर के

शेष अगले पेज पर

पिछले पेज का शेष

जिन्हें उजाला करना था
अक्सर गए धुआँ कर के

दवा अगर न काम करे
दिल से देख दुआ कर के

❖❖❖

ग़ज़ल-16

गुज़रते वक़्त का चेहरा हूँ मैं अब
किसी के वास्ते ठहरा हूँ मैं अब

सदा देता हूँ हर आहट पे मैं अब
गूंगा हूँ न अब बहरा हूँ मैं अब

बराबर खोदता रहता हूँ भीतर
पहले से ज़रा गहरा हूँ मैं अब

मुझ में झाँककर देखो कभी तुम
दरिया था कभी सहरा हूँ मैं अब

दिल पर बोझ ख़्वाबों का नहीं है
उम्मीदों पर रखे पहरा हूँ मैं अब

❖❖❖

ग़ज़ल-17

ये क्या मंज़र हमारे सामने है
हर तरफ डर हमारे सामने है

चले आओ यहाँ कोई नहीं है
दीवारों दर हमारे सामने है

खिड़की है न दरवाज़ा कहीं है
ये कैसा घर हमारे सामने है

फ़सल अच्छी बताई जा रही है
ज़मीं बंजर हमारे सामने है

ख़्वाबों में रहा जो आशियाना
वो अब जर्जर हमारे सामने है

बाँधकर पंख मुंसिफ़ ने कहा है
खुला अम्बर हमारे सामने है

जो मंज़र भूल जाना चाहता हूँ
वही अक्सर हमारे सामने है

❖❖❖

ग़ज़ल–18

सपनों की दुकान लिए
भटक रहे अरमान लिए

सफ़र चंद साँसों का है
दुनियाँ का सामान लिए

चेहरे पर ग़म दिखें नहीं
जीना है मुस्कान लिए

आत्म मुग्ध हैं कितने ही
फिरते झूठी शान लिए

नहीं रहेगा नामों निशा
इतराओ पहचान लिए

❖❖❖

ग़ज़ल-19

ज़मीं पर आसमां कोई नहीं है
मुक़्कमल दास्तां कोई नहीं है

चले आओ बड़ी दुश्वारियाँ हैं
हमसफ़र रहनुमां कोई नहीं है

हक़ीक़त सामने आती नहीं है
अगरचे बेज़ुबां कोई नहीं है

हमारी दास्तां कह दें किसे हम
जहाँ हम हैं वहाँ कोई नहीं है

जो भी है खड़ा बाज़ार में है
दुकानें हैं मकां कोई नहीं है

रस्मों की फ़क़त मजबूरियाँ हैं
हमारे दर्मियाँ कोई नहीं है

❖❖❖

ग़ज़ल–20

रिआया साथ चलती है लश्कर साथ चलता है
सर पर ताज़ होता है फिर भी डर साथ चलता है

कारवां साथ चलता है कितने रंगीन लम्हों का
कहर कुछ सर्द रातों का अक्सर साथ चलता है

राह में छोड़कर तन्हा वो निकला तो है लेकिन
उसी की यादों का साया बराबर साथ चलता है

निकलते गाँव से रोजी को रोजाना तसव्वुर में
बहन माँ बाप बच्चों से भरा घर साथ चलता है

सफ़र की मुश्किलों ने हाँ छकाया है थकाया है
हमारी ज़िद हमारा हौसला पर साथ चलता है

सदाएँ लौट आती है जो टकरा कर दीवारों से
ख़ामोशी गूंजा करती है मुकद्दर साथ चलता है

❖❖❖

ग़ज़ल-21

सबको रस्म निभाना है
जीना है मर जाना है

जिस्म को लेकर घूम रहे
जाने कहाँ ठिकाना है

तुम भी मुझमें रहते हो
हमने तो पहचाना है

होगा नहीं अकेले से
मिलकर बोझ उठाना है

जो भी है सब उसका है
क्या खोना क्या पाना है

आओ मिल–जुलकर गाएँ
जीवन एक तराना है

❖❖❖

ग़ज़ल-22

मुद्दे बहुत से देखें हैं हमने उछाल के
जवाब ही मिलते नहीं पूछे सवाल के

ख़्वाबों का बोझ कौन उठाएँ हुए फिरे
अरमान रख दिए सभी दिल से निकाल के

मिटती तो नहीं तिरगी कोशिश तो कीजिए
कुछ तो चराग़ देखिए दिल से उजाल के

खुश रहने का अब ये भी सलीका नहीं बुरा
रखना न किसी से बहुत उम्मीदें पाल के

बनते बिगड़ते टूट कर बिखरा किए कई
हमने तो रखे थे बहुत रिश्ते संभाल के

अच्छा तो नहीं था बरस यही इत्मीनान है
थोड़े से दिन बचे हैं बस गुज़रते साल के

❖❖❖

ग़ज़ल-23

हो गए ख़ुदगर्ज़ और गद्दार आँसू
अब सियासत हैं यहाँ व्यापार आँसू

तंत्र के रक्षक लहू लोहान थे पर
थी कुटिल मुस्कान थे मक्कार आँसू

राष्ट्र ध्वज की आन ख़तरे में जहाँ थी
थे तमाशाई उधर धिक्कार आँसू

भावनाएँ हैं नहीं पानी हैं केवल
रस्म होकर बह रहे निस्सार आँसू

मांग का सिंदूर था कर्तव्य पथ पर
सिसकियाँ पर्दे में थी लाचार आँसू

नाम और कंधा तो है बेशक़ तुम्हारा
निज निशाना साधते हथियार आँसू

हस्तिनापुर में तमाशा हो रहा जो
पार्थ उस प्रहसन का हैं विस्तार आँसू

❖❖❖

दिल्ली में किसान आन्दोलन के शीर्ष नेता के घड़याली आँसुओं पर

ग़ज़ल-24

बहता दरिया ठहरा है
आगे पानी गहरा है

बात वो कैसे समझेगा
जिद में गूंगा बहरा है

सामने सच आए कैसे
अगर जुबां पर पहरा है

आँखों में एक झील सी है
दिल में फैला सहरा है

पहचानूँ कैसे उसको
चेहरे पर एक चेहरा है

लेकर सपने चले चलो
फलक पे रंग सुनहरा है

❖❖❖

ग़ज़ल-25

पतझड़ के मौसम में सावन ज़िंदा रख
अपने अंदर दीवानापन ज़िंदा रख

बिखर गई उम्मीदों से मायूसी क्यूँ
शेष बचे सपने मनभावन ज़िंदा रख

धूप गिलहरी गौरैया का हक इस पर
अमराई की छाँव में आंगन ज़िंदा रख

बाँध रखेंगे रेशम की इक डोरी से
पायल बिंदिया बाली कंगन ज़िंदा रख

देख सके जिसमें रह रहकर सच्चाई
मन के कोने में इक दरपन ज़िंदा रख

❖❖❖

ग़ज़ल-26

प्रश्न बड़ा विकराल समझ रय
चलना है भोपाल समझ रय

मेला सा रहता है निस दिन
शहर है बड़ा कमाल समझ रय

अपना बस आना जाना है
कहना नहीं दलाल समझ रय

दिल्ली बंबई या कलकत्ता
सबका है ये हाल समझ रय

सत्ता चाहे जिस दल की हो
लेंगे काम निकाल समझ रय

अमरीका से बेहतर सड़कें
बहुत बड़ा है ताल समझ रय

चुप रहकर बस देखा करना
होना मत वाचाल समझ रय

सत्ता के लकदक गलियारे
बड़े बड़े हैं मॉल समझ रय

शेष अगले पेज पर

पिछले पेज का शेष

सरपट गाड़ी दौड़ते सब
लेकर बत्ती लाल समझ रय

काम बड़ा है लेकर चलना
बिस्तर आटा दाल समझ रय

जटिल कार्य है धीरज रखना
लग सकता है साल समझ रय

कोर्ट कचहरी के चक्कर में
खींच जाती है खाल समझ रय

ऊंची बहुत पकड़ है अपनी
करना नहीं सवाल समझ रय

रुपया पैसा कपडे वगैरह
रखना ज़रा संभाल समझ रय

बहुत बड़ी है कोठी उनकी
होते सभी निहाल समझ रय

आकर यहाँ धनाढ्य हुऐ हैं
पहले थे कंगाल समझ रय

सबका है किरदार अलहदा
चम्मच लोटा थाल समझ रय

बाबू से चिकचिक मत करना
कर देते हड़ताल समझ रय

शेष अगले पेज पर

पिछले पेज का शेष

अफसर डाँट डपट करते हैं
होना नहीं निढाल समझ रय

कौन शिक़ायत सुनता सबके
मिले हुए सुरताल समझ रय

अदब जताना इन्हे देखकर
कुर्ता जैकेट शाल समझ रय

तम्बू का आवेदन करना
मिलना है रुमाल समझ रय

पहले तो सब ना करते हैं
फिर ग़लती है दाल समझ रय

नियम की बात करेंगे पहले
फिर मांगेंगे माल समझ रय

तंत्र हुआ है विकसित ऐसा
मकड़ी जैसा जाल समझ रय

अपना ही चंदन है जी हाँ
अपना ही है भाल समझ रय

तंत्र तमाचा जड़ सकता है
पीछे रखना गाल समझ रय

ग़ज़ल तो एक बहाना है बस
की है इक पड़ताल समझ रय

❖❖❖

ग़ज़ल–27

भूल गए सब नाते ख़त
आते हैं न जाते ख़ात

कितना कुछ कह जाते थे
थोड़ा बहुत छुपाते ख़त

दिल में अब भी रक्खे हैं
हमने कुछ शरमाते ख़त

खूंटी पर एक तार में हैं
रोते हँसते गाते ख़ात

हमने ख़ूब लिखे लेकिन
कम ही हमको आते ख़त

हों जिसके भी नाम मगर
दौड़ के हमीं उठाते ख़त

संबंधों के संवाहक
रिश्ते नए बनाते ख़त

शेष अगले पेज पर

पिछले पेज का शेष

पहुँचे नहीं पते पर सच
दिल का हाल बताते ख़त

राख हो गईं यादे कुछ
कैसे मगर जलाते ख़त

❖❖❖

ग़ज़ल-28

वो नींदें बेच देता है वो सपने बेच देता है
दो रोटी के लिए दिन रात अपने बेच देता है

पढ़ने खेलने की उम्र में रोजी को निकले हैं
वो मासूम बचपन को कलपने बेच देता है

बच्चे राह तकते हैं थकी ममता के आँचल में
ख़ुद को आँच में सूरज की तपने बेच देता है

कभी कंधे पे रख के हाथ उससे पूछ तो लेना
तारे आँख के क्यूँ कर तड़पने बेच देता है

जिसे मज़दूर कहते हो वही है देवता श्रम का
यहाँ मालाएँ चंदन की वो जपने बेच देता है

❖❖❖

श्रमिक भाईयों को समर्पित ग़ज़ल

ग़ज़ल-29

ख़्वाब नींदों से चुरा ले जाए
जिसका जो भी है उठा ले जाए

यूँ तो हांथों में सब लकीरें हैं
आगे तक़दीर जहाँ ले जाए

रूठ कर बैठ गया हूँ आकर
कोई हमको भी मना ले जाए

मै उसे चाहता हूँ वो मुझको
अपनी आँखों में छुपा ले जाए

दर्द पिघलेगा सूख जाएगा
धूप में ख़ुद को ज़रा ले जाए

हमको कह सुन के चले जाना है
चाहे जिस सिम्त हवा ले जाए

❖❖❖

ग़ज़ल-30

जुल्फ़ों में ठहरा है बादल रहने दो
आँखों में जंचता है काजल रहने दो

तन मन भीगा है ये सावन क्या जाने
बूंदे भी करती हैं घायल रहने दो

तुमसे ही है आस तुम्हीं से उजियारा
चेहरे पर मुस्कान ये चंचल रहने दो

थमें नहीं संगीत थिरकते पाँवों से
मंत्र मुग्ध करती है पायल रहने दो

नाहक है श्रृंगार तुम्हारा समझो भी
मोहक रूप तुम्हारा श्यामल रहने दो

तुमने ही तो दीवाना कर के छोड़ा
मान लिया ये दिल है पागल रहने दो

रहने दो कुछ छाँव नींद आ जाने तक
आँचल का ये साया दो पल रहने दो

❖❖❖

एक शृंगारित ग़ज़ल

ग़ज़ल–31

संकल्प प्रबल
निष्ठा अविचल

सहज सरल
व्यक्तित्व धवल

पगपग पलपल
संघर्ष सकल

वाणी मृदुजल
विचार नवल

नयन सजल
नमन अटल

❖❖❖

अटल जी को श्रद्धांजलि स्वरूप

ग़ज़ल-32

कुछ याद रखता हूँ अधिकतर भूल जाता हूँ
ग़मों को ताक पर रखकर अक्सर भूल जाता हूँ

तुम्हारे बाद भी ये ज़िंदगी गुज़री तो है लेकिन
तुम्हारे बाद जो गुज़री रहगुज़र भूल जाता हूँ

उसे मैं भूलना चाहूँ मगर मुमकिन नहीं लगता
गुलों में मुस्कुराता है मैं अगर भूल जाता हूँ

वो मुझमें है कहीं शामिल यही महसूस होता है
बराबर साथ रहता है मैं किधर भूल जाता हूँ

ये बढ़ती उम्र का आजार है अब यूँ ही रहना है
याद चेहरे तो रहते है नाम पर भूल जाता हूँ

क्या क्या याद रखियेगा यहीं रह जाएँगे शिक़वे
मिले हैं जो ज़ख़्म जिससे बेहतर भूल जाता हूँ

❖❖❖

ग़ज़ल-33

रिश्ते छूट जाते हैं बन्धन टूट जाते हैं
निरंतर मुश्किलें हों तो तनमन टूट जाते हैं

ललक धन जोड़ने की तोड़ देती है कई नाते
बंट जाती हैं दालानें आंगन टूट जाते हैं

बढ़ा है बोझ बस्तों का पढ़ाई ही पढ़ाई है
शरारत छूट जाती है बचपन टूट जाते हैं

मोहब्बत से बड़ी ताक़त ज़माने में नहीं कोई
खत्म हो जाती है नफ़रत दुश्मन टूट जाते हैं

दिल है आईना संजीदगी से बात कीजे गा
ज़रा सी ठेस से नाजुक ये दरपन टूट जाते हैं

❖❖❖

ग़ज़ल-34

है रोशनी घर घर पे उजाला तो है नहीं
मुद्दा अगरचे हमने उछाला तो है नहीं

सच किसलिए सीने से लगाए हुए रक्खें
सच क्या है कोई पूछने वाला तो है नहीं

बहके जो ख़ुद ब ख़ुद संभलते रहे हैं हम
तुमने कभी आकर के संभाला तो है नहीं

किसलिए ख़ामोश हो किसका ख़ौफ़ है
आँखें खुली जुबान पे ताला तो है नहीं

रह रह के ज़ख़्म देता है भूला नहीं हमें
उसने अभी भी दिल से निकाला तो है नहीं

साँसों की तरह आती है जाती है हर घड़ी
ये दिल उसे यूँ भूलने वाला तो है नहीं

❖❖❖

ग़ज़ल–35

हो गया है गुनाह फूलों से
अब न होगा निबाह फूलों से

आ ही जाते हैं बीच में नश्तर
जब मिली है निगाह फूलों से

सफ़र है ज़िंदगानी काँटों का
कम निकलती है राह फूलों से

दो दिनों के लिए रंगो–खुशबू
कौन बेहतर गवाह फूलों से

ता उम्र कसकते रहे दिल में
पड़ी महंगी है चाह फूलों से

तुमने देखा है मुस्कुराते हुए
निकलती भी है आह फूलों से

❖❖❖

ग़ज़ल-36

सर्द रिश्तों में अब जज्बा न ढूँढें
इधर इस भीड़ में अपना न ढूँढें

पिघलते जा रहे हैं सब बराबर
कोई पहले सा अब चेहरा न ढूँढें

हमीं कह जाएँगे अपनी कहानी
हमारे बाद फिर किस्सा न ढूँढें

मैं अपने आप में गुम हो गया हूँ
निकल के आऊंगा इतना न ढूँढें

यहाँ चारों तरफ कोहरा घना है
यही बेहतर है हम रस्ता न ढूँढें

समंदर है मेरी नज़रों में हरगिज़
हमारी आँखों में दरिया न ढूँढें

❖❖❖

ग़ज़ल–37

थोड़े ज्यादा कम आए हैं
सबके हिस्से ग़म आए हैं

आधी सदी बिताकर भैया
इसी नतीजे हम आए हैं

जब भी लेने गए मशविरा
लौट के लेकर भ्रम आए हैं

फूल बहुत भेजे सरहद पर
बदले में बस बम आए हैं

बीमारी काफूर हुई वो
लेकर पलकें नम आए हैं

ग़ज़लों ने दीवाना रक्खा
वरना बहुत सितम आए हैं

सूख गए है काफी सपने
कुछ कुछ थोडे जम आए हैं

❖❖❖

ग़ज़ल-38

मुद्दे बहुत से देखें हैं हमने उछाल के
जवाब ही मिलते नहीं पूछे सवाल के

ख़्वाबों का बोझ कौन उठाएँ हुए फिरे
अरमान रख दिए सभी दिल से निकाल के

मिटती तो नहीं तिरगी कोशिश तो कीजिए
कुछ तो चराग देखिए दिल से उजाल के

खुश रहने का अब ये भी सलीका नहीं बुरा
रखना न किसी से बहुत उम्मीदें पाल के

बनते बिगड़ते टूट कर बिखरा किए कई
हमने तो रखे थे बहुत रिश्ते संभाल के

अच्छा तो नहीं था बरस यही इत्मीनान है
थोड़े से दिन बचे हैं बस गुज़रते साल के

❖❖❖

ग़ज़ल-39

ख़्वाहिशों की कैद से बाहर निकाल दे
बंदिशों से जिस्म की आकर निकाल दे

वो ही बताये कब तलक यूँ मुंतजिर रहें
उलझन से हमें रोज़ की बेहतर निकाल दे

वो है मेरा मुझसे न बिछड़ जाए ए ख़ुदा
दिलो दिमाग से मिरे ये डर निकाल दे

उस पार रोशनी की हल्की सी झलक है
अँधी सुरंग से कोई लश्कर निकाल दे

दरिया हूँ मैं एक रोज़ समन्दर से मिलूंगा
ग़मों के हिमाला से तू अगर निकाल दे

आईं न शाम जिस का हमें इंतजार था
ठहरा है कब से दूसरा पहर निकाल दे

❖❖❖

ग़ज़ल-40

अपना काम धंधा लाव लश्कर छोड़ आए हैं
कुछ बर्तन बघोने और कनस्तर छोड़ आए हैं

तपती धूप बारिश और ठिठुरती सर्द रातों में
हुनर हर हाल में जीने का बेहतर छोड़ आए हैं

है पाँवों के तले धरती और है ताज़ सूरज का
हजारों मील के पीछे वो पत्थर छोड़ आए है

बहुत बेहाल हैं बच्चे थके पाँवों में छाले हैं
लोरीयाँ नींद सपने और बिस्तर छोड़ आए है

मुश्किलें जब भी आती है गाँव ही याद आता है
जो थे ख़्वाब आँखों में अधिकतर छोड़ आए हैं

थकी सूखी हुई आँखें अब यही प्रश्न करती हैं
क्या वहाँ लौट पाएँगे जो शहर छोड़ आए हैं

हमारे वास्ते निकले हैं जो लड़ने मुसीबत से
है उनका शुक्रिया परिवार घर वर छोड़ आए हैं

❖❖❖

कोरोना काल में शहरों से गाँवों की ओर पलायन कर रहे ग्रामीणों पर

ग़ज़ल-41

मंज़र मंज़र बोल पड़ेगा
पत्थर पत्थर बोल पड़ेगा

यहाँ सनातन सत्य छुपा है
कंकर कंकर बोल पड़ेगा

टूटेगी जिस दिन ख़ामोशी
अक्षर अक्षर बोल पड़ेगा

बेहतर हो इंसाफ समय पर
वरना दर दर बोल पड़ेगा

कोशिश से पत्थर घुलते हैं
झरना झर झर बोल पड़ेगा

खोल दो खिड़की दरवाज़े सब
देखना घर घर बोल पड़ेगा

बोलेंगी दीवारें खुलकर
ढांचा ज़र जर बोल पड़ेगा

दिल में श्रद्धा जागेगी और
जन जन हर हर बोल पड़ेगा

❖❖❖

ग़ज़ल-42

मान या न मान संकट की घड़ी है
इंसानियत के सामने मुश्किल खड़ी है

हार न मानें है ये अब आजमाइश
है बड़ा ख़तरा या अपनी ज़िद बड़ी है

है बड़ा दुश्मन फिर भी जीतना है
धैर्य अनुशासन ही जादू की छड़ी है

है यही इतिहास ये सबको बता दो
जीतती है कौम जो मिलकर लड़ी है

हम जगाएँगे अलख तुम भी आना
हम न सोचें आज हमको क्या पड़ी है

किस लिए नाराज है नियती बता दे
हर दिशा में आपदा की क्यों झड़ी है

❖❖❖

ग़ज़ल-43

बचपन सी वो मासूम हँसी ढूँढ़ रहा हूँ
जाने कहाँ मिलेगी ख़ुशी ढूँढ़ रहा हूँ

उम्र हुई बेवजह न जाने किसलिए
क्या है ग़लत और क्या है सही ढूँढ़ रहा हूँ

सब ढूँढ़ रहे हैं मेरे क़दमों के निशां मैं
पैरों तले अपने ही जमी ढूँढ़ रहा हूँ

तलाश में हूँ एक मुकम्मल जहान की
हर शख़्स में हर शै में कमी ढूँढ़ रहा हूँ

फैले हुए सहरा से मैं उम्मीद लगाकर
दिन रात सुबह शाम नमी ढूँढ़ रहा हूँ

जुस्तजू किस की हमें ले आई है इधर
शिद्दत से मैं हर सिम्त अभी ढूँढ़ रहा हूँ

❖❖❖

ग़ज़ल-44

देखो सयानों को इशारा तो बहुत है
औरों को दरोगा ने सुधारा तो बहुत है

दफ़्तर में आइसोलेट बेहतर करें जनाब
पत्नी पीड़ितों ने पुकारा तो बहुत है

जो दस्तखत दफ़्तर में करते थे शान से
झाड़ू लगाई छोंका बघारा तो बहुत है

कॉपी किए संदेश कितने पेस्ट कर दिए
और फेस बुक पे वक़्त गुजारा तो बहुत है

घर रहो घर पर रहो सुनते हैं घर डले
उडें गगन में दिल ये हमारा तो बहुत है

वो भी न आए छत पे हम पर भी बंदिशे
प्रतिबंध इश्क पर भी करारा तो बहुत है

ख़ामोश दर हैं और हैं रास्ते गुमसुम
खिड़की पे सूनसान नज़ारा तो बहुत है

पार लगा देगा फिर वो कश्ती यक़ीनन
माना के अब भी दूर किनारा तो बहुत है

❖❖❖

लॉक डाउन के हालात पर लिखी ग़ज़ल

ग़ज़ल-45

गीत सरगम और कहानी दांव पर है
देखिए अब ज़िंदगानी दांव पर है

क्या हुआ जो है बहुत चालाक दुश्मन
लो कमर कसकर जवानी दांव पर है

दांव पर हैं अब धरा पर मूल्य सारे
धर्म ध्वज धरती ये धानी दांव पर है

है सुबह भी दोपहर सी सूनी सूनी
हाँ प्रिये संध्या सुहानी दांव पर है

कोई राजा और न कोई रंक है अब
हर किसी का दाना पानी दांव पर है

है समर में पार्थ केशव ध्यान रखना
सभ्यता बेहद पुरानी दांव पर है

❖❖❖

ग़ज़ल-46

फिर हो न पाए दोबारा हम देखेंगे
क्यों हुआ देश का बटवारा हम देखेंगे

ये राग द्वेष कर्कश ये सुर बदले बदले
क्यों सच से किया किनारा हम देखेंगे

हर कीमत पर इसकी रक्षा करनी होगी
अब मुल्क नहीं बेचारा हम देखेंगे

जिनसे उम्मीद संवारेंगे भारत भूमी
क्यों भटक रहे आवारा हम देखेंगे

पढ़ने लिखने के दिन हैं न गुमराह करें
ये हरगिज़ नहीं गवारा हम देखेंगे

ये चिंगारी न आग लगा दे सपनों को
किसका कसूर है सारा हम देखेंगे

हम देखेंगे उजड़े न ये गुलशन फिर से
है बेशक़ फर्ज हमारा हम देखेंगे

❖❖❖

ग़ज़ल–47

बचपन सी नादानी दो न
दुनियाँ वही पुरानी दो न

शोर शराबा और शरारत
करने फिर मनमानी दो न

छुपकर गोदी में जा बैठूं
फिर से दादी नानी दो न

राजा रानी बंदर भालू
किस्से वही कहानी दो न

प्यार से कोई कान उमेंठे
नासमझी शैतानी दो न

बचपन मेरा लौटाकर दो
चाहे जिसे जवानी दो न

दूर तलक सहरा है मन में
बाहर निकलूं पानी दो न

❖❖❖

ग़ज़ल-48

दुनियाँ से ये लगाव दो चार दिन का है
ये ग़म खुशी तनाव दो चार दिन का है

रहता नहीं है ताज़ हमेशा किसी के सर
पद से जुड़ा प्रभाव दो चार दिन का है

इक नाव पे सवार सब ऊंचा नहीं कोई
ये उच्चता का भाव दो चार दिन का है

मिट्टी से बना जिस्म है मिट्टी में मिलेगा
ये सारा रख रखाव दो चार दिन का है

मेरे हो तुम मेरे कभी अजमा के देख लो
ये रूठना अलगाव दो चार दिन का है

जितने भी मिले ज़ख़्म निशान हैं बाकी
जो भी है नया घाव दो चार दिन का है

अकड़ ये अहंकार यूँ बढ़चढ के बोलना
मुंछो पे देना ताव दो चार दिन का है

मतभेद देखना न पड़ें मुल्क पे भारी
मतदान ये चुनाव दो चार दिन का है

❖❖❖

ग़ज़ल-49

मुद्दा नया उछाला जाए
पीछे पहले वाला जाए

अगर सियासत करनी है
घी अग्नी में डाला जाए

जिनके पास में रुतबा है
उनके गले में माला जाए

सर्द हुए हैं दिल सबके
क्यों कर लहू उबाला जाए

जिसको देखो बहक रहा
बोलो किसे संभाला जाए

जीना है बेख़ौफ़ अगर
ख़्वाब न कोई पाला जाए

हमें अँधेरे रास आए
चाहे जहाँ उजाला जाए

सच से कह दो चुप बैठे
रस्ता यही निकाला जाए

❖❖❖

ग़ज़ल–50

जाग रहा है लाल खड़ा है सीमा पर
दुश्मन भी तैयार अड़ा है सीमा पर

नहीं गुलामी सदियों की फिर आ जाए
ख़तरा अब भी बहुत बड़ा है सीमा पर

साँस ले रहा खुली हवा में मुल्क अगर
वीर जवां बेख़ौफ़ लड़ा है सीमा पर

लौट नहीं पाया है वो हरगिज़ वापस
शत्रु का जो पाँव पड़ा है सीमा पर

संगीनों से नहीं सुलझ सकता फिर भी
ये मसला या जो झगड़ा है सीमा पर

❖❖❖

ग़ज़ल-51

लिखो फिर इतिहास हमारा
बिखर रहा विश्वास हमारा

दिशा भ्रमित है सफ़र हमारा
भ्रमित हुआ आभास हमारा

गरम हो रही धरती हर दिन
घुट न जाए श्वास हमारा

नहीं रुका है नहीं रुकेगा
समय नहीं है दास हमारा

कैद रहें क्यों दीवारों में
सृष्टि है आवास हमारा

आ न पाए कभी जुबां पर
दुख हो या संत्रास हमारा

सच्चाई को खुलकर कहना
रहता यही प्रयास हमारा

❖❖❖

ग़ज़ल–52

कब तलक प्यार मोहब्बत की जुबां बोलेंगे
हैं जो ख़ामोश बगावत की जुबां बोलेंगे

करीब आ के तुम्हें दिल से जो लगाएँगे
जुबां खोलेंगे सियासत की जुबां बोलेंगे

हमें मंजूर नहीं है ये आलम फिर भी
जब भी बोलेंगे शराफ़त की जुबां बोलेंगे

हर इक साँस जिनके वास्ते अदा की है
न जानें कब वो इनायत की जुबां बोलेंगे

ये किस मुक़ाम पे ज़म्हूरियत चली आई
अब हुक्काम हुकूमत की जुबां बोलेंगे

नहीं होना है असर हमको गुमां है लेकिन
हम तो बोलेंगे शिक़ायत की जुबां बोलेंगे

❖❖❖

ग़ज़ल-53

ज़हर हवा में घोला है
चुप रहना है बोला है

ख़ुशियाँ कहीं नहीं रक्खी
हमने ख़ूब टटोला है

नमी भले हो आँखों में
दिल में झाँको शोला है

ठाठ देख नेताओं के
अपना भी मन डोला है

गम ख़ुशियों से भारी हैं
हमने अक्सर तोला है

सपनों का बाज़ार बड़ा
हाथ में छोटा झोला है

यहाँ नहीं स्थिर कुछ भी
दुनियाँ घूमता गोला है

ग़ज़ल तो एक बहाना है
हमने तो दिल खोला है

❖❖❖

ग़ज़ल–54

बदरंग हुआ जाए है इंसान का चेहरा
रह रह के याद आता है भगवान का चेहरा

नारों में दब न जाए फिर मासूम सिसकियां
बच के निकल न पाए फिर शैतान का चेहरा

फिर से कली नाज़ुक कुचल कर गया कोई
ख़ामोश क्यूँ है धरम का ईमान का चेहरा

इंसानियत पे दाग हैं मासूमियत पे ज़ुल्म
बोला है चीख़ कर ये बे ज़ुबान का चेहरा

हैवानियत ये लूट ये कत्ल कब तलक
होता है शर्मसार हिंदोस्तान का चेहरा

❖❖❖

(अलीगढ़ की मासूम ट्विंकल को समर्पित)

ग़ज़ल-55

हवाओं में कहर है जानता हूँ
ये लंबी दोपहर है जानता हूँ

हमीं ने रख दिए हथियार वर्ना
अभी बाकी समर है जानता हूँ

लेकर आएगा सूरज उजाले
अँधेरा रात भर है जानता हूँ

तुम्हारे वास्ते तिल तिल मरेंगे
सजा ये उम्र भर है जानता हूँ

सहरा दूर तक फैला है दिल में
कोई तन्हा शज़र है जानता हूँ

ज़माना साथ में होगा कभी तो
अभी तन्हा सफ़र है जानता हूँ

मुझे देखो मैं घुलता जा रहा हूँ
नहीं तुमको ख़बर है जानता हूँ

❖❖❖

ग़ज़ल–56

राजनीति व्यवसाय बंधुवर
अच्छी खासी आय बंधुवर

प्रजातंत्र पर भारी पड़ते
धर्म और समुदाय बंधुवर

भ्रष्टाचार जड़ों तक फैला
दिखता नहीं उपाय बंधुवर

व्यापारी फल फूल रहे हैं
कृषक हुए कृषकाय बंधुवर

पेशी दर पेशी उम्मीदें
किंतु नदारद न्याय बंधुवर

राजनीति में आदर्शों का
खत्म हुआ अध्याय बंधुवर

सोया जनमत जागे अपने
कहने का अभिप्राय बंधुवर

❖❖❖

ग़ज़ल-57

तुम्हें तो मुस्कुराना चाहिए था
ज़ख़्म हँसकर छुपाना चाहिए था

कहाँ ले आए हो आँसू वगैरह
यहाँ दिलकश तराना चाहिए था

किसी की इक नज़र की आरजू थी
किसे सारा ज़माना चाहिए था

जुदा हो जाए ग़र मेरा नहीं है
उसे क्यूँ कर बहाना चाहिए था

मोहब्बत है तो मरने तक रहेगी
बिला शक़ आज़माना चाहिए था

उसकी जद में ख़ुद ही आ गए हैं
जिसे बेहतर निशाना चाहिए था

❖❖❖

ग़ज़ल-58

नशा है अगर ज़िंदगी उतरा ही नहीं है
और नशा दूसरा चढ़ता ही नहीं है

बाटेंगे धूप किस तरह यहाँ पे दरअसल
सूरज तो कई रोज़ से निकला ही नहीं है

मुंसिफ़ हैं बहुत और अदालत शहर शहर
इंसाफ मगर वक्त पे मिलता ही नहीं है

हैं दिल की धड़कनें मुन्तजिर तिरे लिए
ये दिल किसी के वास्ते धड़का ही नहीं है

आ तो गए हो साथ हमारे ये जान लो
यहाँ कोई भी प्यार को समझा ही नहीं है

तुम ही सही थे ये सफ़र हमसे नहीं होगा
मंज़िल की तरफ कोई भी रस्ता ही नहीं है

तन्हाइयों का किसलिये शिक़वा किया करें
उसके सिवा गर कोई भी जंचता ही नहीं है

सुबह वही है शाम वही रात का आलम
ठहरा हुआ ये वक्त क्यूँ गुज़रा ही नहीं है

❖❖❖

ग़ज़ल–59

दुश्मन न करने पाए पहल जागते रहो
खतरा है सामने दर असल जागते रहो

सोने का नहीं वक्त हैं गद्दार इधर भी
बेहतर है सभी आयें निकल जागते रहो

देखो कोई रह जाए न भूखा कोई बेघर
अब कर लिया इरादा अटल जागते रहो

बदला है मुल्क और भी संवरेगा देखना
करना है इरादों पे अमल जागते रहो

हैं हांथ करोड़ों नहीं दिखना नहीं बेबस
इस देश को करना है सबल जागते रहो

बदलेंगे सियासत ये तय कर लें यक़ीनन
बदलेगा आने वाला कल जागते रहो

जाना है किधर रास्ता दिखा सके शायद
गौर से पढ़ना ये ग़ज़ल जागते रहो

❖❖❖

ग़ज़ल-60

प्रेम व्यंग परिहास लिखो तुम
व्यापक है संत्रास लिखो तुम

अधरों की मुस्कान लिखो तो
आँखें बहुत उदास लिखो तुम

राजनीति में शेष अधिकतर
अब सत्ता के दास लिखो तुम

फल मेवों का सेवन कर फिर
रक्खा है उपवास लिखो तुम

कलयुग में भी भोग रहे क्यूँ
रामलला वनवास लिखो तुम

जिस पर कायम सारी दुनिया
टूट न जाए आस लिखो तुम

है निसर्ग पर निष्ठा बाकी
शेष अभी विश्वास लिखो तुम

❖❖❖

ग़ज़ल-61

चेहरे पर मुस्कान रखा कर
पीछे कहीं थकान रखा कर

मान सभी को देना लेकिन
अपना भी सम्मान रखा कर

जंगल का क़ानून यहाँ पर
ऊंचा ज़रा मचान रखा कर

जानें कब ये बोल पड़ेंगी
दीवारों पर कान रखा कर

चादर से बाहर न निकलें
पाँव भले ही तान रखा कर

देख ज़माने भर के सपने
दिल में हिंदुस्तान रखा कर

अर्थ गूढ़ हो अच्छा है पर
भाषा तो आसान रखा कर

शेष अगले पेज पर

पिछले पेज का शेष

मज़हब दिल में रखना लेकिन
ज़ेहन में विज्ञान रखा कर

छोड़ छाड़ कर जाना होगा
कितना भी सामान रखा कर

❖❖❖

ग़ज़ल-62

आसमान पाताल उन्हीं का
दिल्ली और भोपाल उन्हीं का

चंदन अंकित भाल उन्हीं का
हार श्रीफल शाल उन्हीं का

ज़िंदाबाद के नारे उनके
गजरे और गुलाल उन्हीं का

नेताजी के ठाठ बहुत हैं
बंगला गाड़ी मॉल उन्हीं का

पांचों उंगली घी में गोया
पैसे का टकसाल उन्हीं का

अखबारों में रोज़ छपे है
फोटो चर्चा हाल उन्हीं का

शस्त्रहीन हम लड़ते कैसे
शस्त्र उन्हीं के ढाल उन्हीं का

शेष अगले पेज पर

पिछले पेज का शेष

उलझे हैं बरसों से जिसमे
तंत्र तरीके जाल उन्हीं का

महिना दर महिना हम जीते
नया पुराना साल उन्हीं का

❖❖❖

ग़ज़ल-63

नेता अफलातून यहाँ पर
जंगल का क़ानून यहाँ पर

धोती कुर्ते पर भारी हैं
सूट बूट पतलून यहाँ पर

मार्च फरवरी आती बारिश
आग उग़लता जून यहाँ पर

घाव कर रहे अपने तन पर
गंजों के नाखून यहाँ पर

महंगा बहुत हुआ है पानी
और सस्ता है खून यहाँ पर

आजादी जिससे हासिल की
बाकी नहीं जुनून यहाँ पर

दुनियाँ नादानों का मेला
ढूँढा किये सुकून यहाँ पर

❖❖❖

ग़ज़ल-64

बहुत हुई है मन की बात
कभी सुनो निर्धन की बात

कोई काम न धंधा शेष
समझो तो यौवन की बात

हर इक दिल में है कोई
कुछ न कुछ उलझन कि बात

बालकनी तक पहुँचेगी
जाने कब आंगन की बात

गिल्ली डंडा कच्चे आम
मत छेड़ो बचपन की बात

सत्ता का सुख भोग रहे
करते थे अनशन की बात

धूप बहुत है कड़ी मगर
चलो करें सावन की बात

❖❖❖

ग़ज़ल-65

हम जानते हैं खेल तो है सब नसीब का
रिश्ता मगर रहा है ग़मों से करीब का

वो तेरी इबादत में शामिल हो क्यूँ भला
रोटी है दो वखत की मज़हब ग़रीब का

हम हैं या नहीं हैं तिरे बेख़ौफ़ बता दे
हम से न सुना जाए है चर्चा रकीब का

कितनी ही पेशियाँ हुई पर न्याय नदारद
मामला है बस मियाँ इक दो जरीब का

आजाद हवाएँ हमें मुश्किल से मिली हैं
कितनों ने चुन लिया था रस्ता सलीब का

सच कहने पे जो आये तो रोके न रुकेगा
जज्बा यही रहा है सुखन ओ अदीब का

❖❖❖

ग़ज़ल-66

आग पानी हवा क्या क्या
किया है उसने अता क्या क्या

सुकून ए दिल ख़्वाब उम्मीदें
ये तेरे बाद खो गया क्या क्या

धूप छाले सफ़र की तन्हाई
और तक़दीर में बता क्या क्या

किसी की याद का खजाना है
सफ़र में चाहिए भला क्या क्या

छू गया था कोई साँसों को
फिर उम्र भर गुज़रा क्या क्या

अब तो हाकिम ही बतलाएगा
क्या बुरा है अच्छा क्या क्या

❖❖❖

ग़ज़ल-67

हृदय व्यथा से भरा हुआ है
जिसको देखो डरा हुआ है

फिर यादों का मौसम आया
घाव पुराना हरा हुआ है

सत्य निरंतर आशंकित है
झूठ प्रमाणित खरा हुआ है

अभी बहुत बदलाव शेष हैं
परिवर्तन बस ज़रा हुआ है

दूर है मंज़िल और हमारे
पाँव पे पत्थर धरा हुआ है

❖❖❖

ग़ज़ल-68

चेहरे की मुस्कान गई है
हस्ती एक महान गई है

बहती इक अश्रु की धारा
सारे हिंदुस्तान गई है

राजधर्म उसने सिखलाया
आन गई न शान गई है

परमाणु क्षमता हासिल की
दुनिया लोहा मान गई है

राजनीति में रस घोलकर
मीठी एक जुबान गई है

अटल रहेंगे युगों दिलों में
जिस्म से केवल जान गई है

❖❖❖

अटल जी को ग़ज़ल के माध्यम से श्रद्धांजलि

ग़ज़ल-69

सच के मुंह पर ताला बोलो है की नई
झूठ बहुत मतवाला बोलो है की नई

नेता जी से भी ज्यादा ताक़त वर है
नेता जी का साला बोलो है की नई

दिखलाकर रोजी रोटी का स्वप्न वहां
छीना किए निवाला बोलो है की नई

रात गए क्या क्या होता है संगत में
दिन भर जपते माला बोलो है की नई

सत्ता के सब दास यहाँ सब सौदागर
सबने किया घुटाला बोलो है की नई

सबको जुगनू बाँट रहे हैं बहला कर
गिरवी रखा उजाला बोलो है की नई

निकले थे हालात बदलने धरनों से
हाथ में उनके हाला बोलो है की नई

कल कल बहती थीं नदियाँ गाँव शहर
अब बहता है नाला बोलो है की नई

शेष अगले पेज पर

पिछले पेज का शेष

कलम हाथ में लेकर हम लड़ते कैसे
उनके पास है भाला बोलो है की नई

मिलकर ढूँढना होगा रस्ता आगे का
जो है सच कह डाला बोलो है की नई

❖❖❖

ग़ज़ल-70

ज़िंदगी को आज़माना चाहिए
गुनगुनाना मुस्कुराना चाहिए

कौन जीता है किसी के वास्ते
अपना ही कोई बहाना चाहिए

घोंसलों में राह तकता है कोई
पंछियों को ये जताना चाहिए

थक रहे हैं हमसफ़र क्यूँ न अब
काफिले को लौट जाना चाहिए

कौन सुनता है यहाँ ख़ामोशियां
आसमां सर पे उठाना चाहिए

फूल सा चेहरा निगाहों में रहे
किसलिए सारा ज़माना चाहिए

❖❖❖

ग़ज़ल-71

अबके बारिश में कच्चा मकान जाएगा
हमें यक़ीन है शासन का ध्यान जाएगा

फ़सल खराब हुई और दाम भी कम हैं
हर एक गाँव से फिर भी लगान जाएगा

सफ़र ये आशिकी का भी जंग जैसा है
जो भी निकलेगा लोहू लुहान जाएगा

मरम्मद मांगती स्कूल की छत गाँवों में
यहाँ मस्जिद में मंदिर में दान जाएगा

मुआवजा नहीं मदद की है दरकार उन्हें
गाँव को छोड़कर वरना किसान जाएगा

"उधार बंद" देखकर ठिठक गया बचपन
अब बच्चा किसी अगली दुकान जाएगा

ज़रा सी रोशनी बाकी है अब चरागों में
मगर अवाम में कुछ और बयान जाएगा

❖❖❖

ग़ज़ल-72

कर लिया शस्त्र संधान प्रिये
मुश्किल में हिंदुस्तान प्रिये

मुमकिन है अब न लौट सकूं
तुम रखना अपना ध्यान प्रिये

कोई भी कीमत अधिक नहीं
जब दांव पर हो सम्मान प्रिये

रो कर शर्मिंदा मत करना
हो जाऊं गर कुरबान प्रिये

हम बंटे रहे तो निश्चित ही
सबका होगा नुकसान प्रिये

है मुल्क से कोई बड़ा नहीं
न कोई अधिक महान प्रिये

काश्मीर से लेकर केरल तक
ये वतन हमारी आन प्रिये

शेष अगले पेज पर

पिछले पेज का शेष

सब मज़हब बाद में आए हैं
हम पहले हैं इंसान प्रिये

सब प्रेम का पाठ पढ़ाते हैं
गीता हो या कुरआन प्रिये

बस वंचित और ग़रीबों में
ढूँढा करना भगवान प्रिये

❖❖❖

ग़ज़ल-73

जिसकी तलाश है अभी गुज़रा ही नहीं है
नज़रों के सामने कोई चेहरा ही नहीं है

जम सा रहा है खून सदियों से नसों में
कोशिश तमाम की मगर पिघला ही नहीं है

हर सिम्त एक सैलाब सा बढ़ता दिखाई दे
हैरान हूँ यहाँ कोई दरिया ही नहीं है

मौसम बदल रहा है कई करवटें लेकिन
इसके अलावा और कुछ बदला ही नहीं है

नाराज हो के चल दिए किस बात पर बोलो
जो तुमने सुना हमने तो कहा ही नहीं है

हम किसलिए ग़मों का जिक्र छेड़ते मियां
दुनियाँ से हमें कोई भी शिक़वा ही नहीं है

लंबा सफ़र है और थकन भी है पाँव में
किससे कहें यहाँ कोई सुनता ही नहीं है

❖❖❖

ग़ज़ल–74

धूमिल सारा ज्ञान हो गया
कैसा हिंदुस्तान हो गया

सुबक रही थी नन्ही बच्ची
नर भक्षी इंसान हो गया

अपराधी को फांसी देंगे
उनका कड़ा बयान हो गया

निन्दा होगी दीप जलेंगे
सीधा सरल निदान हो गया

अंतर्मन में झाँक के देखें
क्यों आदम हैवान हो गया

❖❖❖

मासूम बच्ची से दुष्कर्म पर लिखी ग़ज़ल

ग़ज़ल-75

रहना मत ख़ामोश सभासद
फैल रहा है रोष सभासद

रोजी रोटी की किल्लत है
किसको दोगे दोष सभासद

भटक रहे हैं कोर्ट कचहरी
देहाती निर्दोष सभासद

नौजवान कुंठित लगते हैं
टूट न जाये जोश सभासद

हल्के में लेना मत हरगिज़
पीड़ा ये आक्रोश सभासद

सत्ता ही है सत्य सनातन
जब से आया होश सभासद

❖❖❖

ग़ज़ल-76

उफनता है लहू आँखों में है अंगार कह देना
दिखाते हैं बड़प्पन हैं बहुत खुद्दार कह देना

अमन के वास्ते हमने बहाया है लहू अपना
मगर अब टूटता धीरज रहो तैयार कह देना

चलें सीमा पे फिर से अजमालें होंसला अपना
छुप के कायर किया करते पीठ पे वार कह देना

वतन पे मिटने निकले हैं हर्गिज रुक नहीं सकते
निकल आएँ हैं पीछे छोड़कर घरबार कह देना

सातों दिन पहर आंठों नहीं झपकेंगे पलके हम
नहीं सरहद पे आता है कभी इतवार कह देना

❖❖❖

ग़ज़ल-77

आसां नहीं आगे का सफ़र देख रहा हूँ
है मुल्क पर किसी की नज़र देख रहा हूँ

सुनता नहीं है कोई यहाँ बात अमन की
हर आँख में जुबान पर डर देख रहा हूँ

टूटा है भरोसा यहाँ हर शख्स का जी हां
ख़ामोश रहूँ क्यूँ में अगर देख रहा हूँ

कोई बताएँ कहाँ जा कर ये रुकेगा
जो फैलता नफ़रत का ज़हर देख रहा हूँ

देखता हूँ रोज़ पिघलता हुआ सूरज
मै चाँद सितारों में फिकर देख रहा हूँ

तुम भी उधर से आ रही आहट सुना करो
उठता हुआ गुबार जिधर देख रहा हूँ

❖❖❖

ग़ज़ल-78

आगे नहीं अब रास्ता जाने वाला कोई
हमसफ़र न साथ निभाने वाला कोई

ठहरे हुए हैं मोड़ पर मुंतजिर कब से
आया नहीं है और न आनें वाला कोई

मुंसिफ़ जुबान खोल इल्जाम बता दे
हमने नहीं मांगा है बचाने वाला कोई

कितने ही गीत ओंठो पे ख़ामोश रुके हैं
आए तो साथ झूम के गाने वाला कोई

हम रूठ तो जाएँ मगर है यही मुश्किल
आता ही नहीं हमको मनाने वाला कोई

जाएँ तो ढूँढने कहाँ चेहरा वो चाँद सा
अब तक नहीं मिला है बताने वाला कोई

दंगों में लगी आग बुझती तो किस तरह
मशाल लिए था बुझाने वाला कोई

शेष अगले पेज पर

पिछले पेज का शेष

अपना मिज़ाज रास न आयेगा किसी को
हम में है कहाँ ढंग ज़माने वाला कोई

घूमती है किसके इशारे पे कायनात
दिखता नहीं है बोझ उठाने वाला कोई

❖❖❖

ग़ज़ल-79

तन्हाइयों में जब कभी अपना सफ़र रहा
यादों के दश्त में कोई हरा शज़र रहा

हम सो गए सरहद पे उम्मीदों के गाँव में
जागता ज़ेहन में शहर रात भर रहा

क्यूँ कर वो आजमाए हमें और हम उसे
उसके न रहे हम न वो अपना अगर रहा

कोई न आयेगा यहाँ अब शाम ढल चुकी
दिल किसलिए किसी का इंतजार कर रहा

मैं कह भी दूँ हालात जो दरपेश है मगर
जो हमसफ़र अपना है वही बेख़बर रहा

❖❖❖

ग़ज़ल-80

पहना नित्य उतारा दिन
हमने बहुत संवारा दिन

नहीं लौट कर आयेगा
करता रहा इशारा दिन

जानें क्या सब ढूँढ़ रहे
सुबह दोपहर सारा दिन

दिनभर ख़ूब लढा हमसे
शाम ढले फिर हारा दिन

चिंतन चिंता साथ लिए
गुज़र गया बेचारा दिन

जानें कब से गायब है
पहले सा आवारा दिन

रात नहीं गुज़री हमसे
हमने मगर गुजारा दिन

❖❖❖

ग़ज़ल-81

गुस्सा है तकरार बोलो का के रै
अपनी है सरकार बोलो का के रै

सूधे फिर रये गेलन में मारे मारे
टेढ़न को संसार बोलो का के रै

नेताओं के संग करो ठेकेदारी
पढ़वो है बेकार बोलो का के रै

जोंन जीत है उके संगे हो जानें
उनको कारोबार बोलो का के रै

भई किसानी जैसे जंग लडे कोई
सूखा कभऊं तुसार बोलो का के रै

रैली और जलूस निकर रै रोजीना
हर हफ़्ता त्योहार बोलो का के रै

जहाँ तहाँ लढ़वे को ठाडे छुटभैया
मूरख और गमार बोलो का के रै

शेष अगले पेज पर

पिछले पेज का शेष

मेढ़ चरोखर रस्तों पे बेंजा कब्ज़ा
कहाँ बचो निस्तार बोलो का के रै

कुर्की के वारंट कटे है आसों फिर
के गओ चौकीदार बोलो का के रै

अस्पताल में के रै जांचे करवाओ
आधो घर बीमार बोलो का के रै

बेमौसम बरसात सूखा पे ओला
कैसे होय गुजार बोलो का के रै

मोड़ी की सादी कों और बिदाई में
कर्जा चढ़ो उधार बोलो का के रै

कोरट थाना और कचेरी जानें हो
चढ़ सो आत बुखार बोलो का के रै

एक सेकरा गाँव कहाँ नो देखें हम
के गए थानेदार बोलो का के रै

बेई मजूरी तै कर रै उल्टी सूधी
जिनके बड़े पगार बोलो का के रै

देस बढ़ो है आंगे जा हमने मानी
पर धीमी रफ़्तार बोलो का के रै

पिछले पेज का शेष

छोटे मोटे झगड़न की सुनवाई में
पेशी सौ सो बार बोलो का के रै

दिन उंगे से भाषन दे रय रोजीना
कहाँ धरे रूजगार बोलो का के रै

बढ़ो किराओ बस को दुनो बाबूजी
सुनलो अबकी दार बोलो का के रै

गाँव गाँव में जातपात फैली कैसें
पायें इसें पार बोलो का के रै

बैठे बैठे करत रेत नुख्ता चीनी
हम सब जिम्मेवार बोलो का के रै

हमखों कलम दई है ऊपर वारे ने
हम समझें तलवार बोलो का के रै

ग़ज़लन में गीतन में निकरे है भैया
मन में भरो गुबार बोलो का के रै

हमने जो जानी है सो के डारी है
करियो सोच विचार बोलो का के रै

बढ़ा चढ़ा के कई है तो बतला दईयो
कर हैं भूल सुधार बोलो का के रै

❖❖❖

ग़ज़ल-82

भीतर टटोलियेगा संताप बहुत है
हर शक्स न जानें क्यूँ चुपचाप बहुत है

धर्मो करम के वास्ते मिटने की तैयारी
आस्था उतनी नहीं पर जाप बहुत है

गीत और ग़ज़ल के रुख में इन दिनों
आलोचना अधिक है प्रलाप बहुत है

शिद्दत से गा रहे सब इनकार कहाँ है
लय में नहीं है गायन आलाप बहुत है

इस दिल से हुई होंगी नादानियाँ ज़रूर
अंदर तो झांकियेगा निष्पाप बहुत है

मुस्कुरा के मिलना मिल के मुस्कुराना
बस मेल नहीं मन का मिलाप बहुत है

'तू'में थी नजदीकी 'तुम'में भी अपनापन
सालता अपनों का ये 'आप' बहुत है

❖❖❖

ग़ज़ल-83

पलकों पे एक चराग लिए जाग रहा है
दिल में सुलगती आग लिए जाग रहा है

नौजवान दिल में किसी झाँककर देखें
ख़्वाबों के सब्जबाग लिए जाग रहा है

बिखरेगा किसी रोज़ शीराजा किसलिए
दिन रात जोड़ भाग लिए जाग रहा है

हमने जता दिया था अंजामे मुहब्बत
दिल पे कसकते दाग लिए जाग रहा है

सो जाते हैं रोजाना यही सोचकर कोई
हर ख़्वाब का सुराग लिए जाग रहा है

❖❖❖

ग़ज़ल-84

सब भरसक तैयारी से हैं
लगते सभी शिकारी से हैं

जंगल का क़ानून यहाँ तो
सफल हैं वही मदारी से हैं

हुई सियासत धंधे जैसी
जो हैं कारोबारी से हैं

नौजवान हैं गुमसुम देखो
सुलग रही चिंगारी से हैं

पुत्र मोह में अँधे हैं कुछ
और बहुत गांधारी से हैं

सीधे मुँह क्यूँ बात करेंगे
जो अफसर सरकारी से हैं

तामझाम में नहीं बहकना
जलवे सभी उधारी से हैं

द्रोण अंगूठा मांग न लेना
शिष्य अगर आभारी से हैं

ग़ज़ल-85

किंचित सोचो तो दुर्योधन
साथ हैं जो लाचारी से हैं

नेता हुए अवतारों जैसे
जन गण भक्त पुजारी से हैं

साहब नेता जी के अर्दली
भृत्य यहाँ अधिकारी से हैं

ठीक नहीं ख़ामोशी अर्जुन।
सम्मुख धूर्त जुआरी से हैं

कर्ण नहीं हारेगें अर्जुन
रथ पर कृष्ण मुरारी से हैं

सत्ता से लाभान्वित होंगें
जो भी रिश्तेदारी से हैं

नहीं सुदामा कुछ मांगेंगे
मित्र भले गिरधारी से हैं

शेष अगले पेज पर

पिछले पेज का शेष

जीवन एक जुआँ हैं माना
हम सब एक जुआंरी से हैं

भैया हम में भी कमियाँ हैं
हम भी दुनियादारी से हैं

❖❖❖

ग़ज़ल-86

चेहरे पर मुस्कान रखी है
अपनी ये पहचान रखी है

भीतर क्या है नहीं देखना
चारों तरफ थकान रखी है

ख़्वाब बेचते हैं नेता गण
सबने खोल दुकान रखी है

उपर वाले का साया है
नीली छतरी तान रखी है

बात नहीं टूटेगी हमसे
देकर यदि जुबान रखी है

गिला नहीं है उनसे कोई
उनमें अपनी जान रखी है

इंद्र मिलेंगे कवच न कुंडल
कर्ण ने अबके ठान रखी है

❖❖❖

ग़ज़ल-87

क्या बतलायें हाल बुआ
कैसे गुज़रा साल बुआ

लग्गत बहुत किसानी में
कौड़ी बिकता माल बुआ

दफ़्तर साहब सब उनके
अपनी बस चौपाल बुआ

पीढ़ी दर पीढ़ी उलझन
कटता नहीं है जाल बुआ

जब भी मांगा हक हमने
करते बहुत सवाल बुआ

नेता अफसर और बाबू
नित्य बजाते गाल बुआ

बाबूजी गुमसुम रहते हैं
अम्मा बहुत निढाल बुआ

शेष कुशल पर सच ये है
जीना हुआ मुहाल बुआ

❖❖❖

ग़ज़ल-88

झूम के आये उजाले फिर से
कुछ नये ख़्वाब हैं पाले फिर से

अभी न छेड़ो बात तीरगी की
कौन ये मसला निकाले फिर से

फिर कोई शोख नज़र मुस्काए
चाहे फिर नज़रें चुराले फिर से

जैसे पत्तो पे फूल सो जाएँ
यूँ कोई हमको संभाले फिर से

वो जो लड़ता रहा हवाओं से
कोई वो दीप जलाले फिर से

❖❖❖

ग़ज़ल–89

दिल में जो भी है मलाल सब बताने का
असल में है जो बुरा हाल सब बताने का

कुछ न बदला है न बदलेगा बेजुबानी से
गुज़रा जाता है यूँही साल सब बताने का

दिखाकर ख़्वाब यूँ नींदे चुरा के ले जाना
किया है किसने गोलमाल सब बताने का

ये गूंगे बहरों की इजलास अगर है तो है
निकल आये कुछ निकाल सब बताने का

जला है अश्कों से और न जलेगा ये चराग
जिगर की आग में घी डाल सब बताने का

है उसके हाथ में तलवार जो हुकूमत की
हमारे हाथ सच की ढाल सब बताने का

❖❖❖

ग़ज़ल-90

भेजी तो होंगी चिट्ठियाँ मगर नहीं पहुँची
गाँवों की आह बारहा शहर नहीं पहुँची

मुद्दत हुई है चाँद तक पहुँचे हुये फिर भी
मुद्दा ये है दो रोटियाँ घर घर नहीं पहुँची

मुँह को कलेजा आता है हर बाप का साहेब
घर शाम ढले बेटियाँ अगर नहीं पहुँची

महदूद हो के रह गई ज़ेहन से नज़र तक
कई हसरतें जुबान तक अक्सर नहीं पहुँची

उसने अता किया है मोहब्बत का खजाना
कैसे कहे दुआएँ उसके दर नहीं पहुँची

अपना जो हाल है कभी आकर के देख लें
कहना न बाद अपने के ख़बर नहीं पहुँची

❖❖❖

ग़ज़ल-91

किससे रक्खे आस कुँअर
गले लगी है फांस कुँअर

बिटिया की शादी सर पे
नहीं अधेला पास कुँअर

फ़सल हुई चौपट लेकिन
खारिज है दरखास कुँअर

भाषण पर भाषण जारी
बस कोरी बकवास कुँअर

जाने कब तक चलना है
अपना ये वनवास कुँअर

नहीं सियासत से उम्मीद
सब कुर्सी के दास कुँअर

सत्ता का वैभव लकदक
निर्धन का उपहास कुँअर

जिसकी लाठी उसकी भैंस
प्रजातंत्र परिहास कुँअर

शेष अगले पेज पर

पिछले पेज का शेष

नों दिन चले अढ़ाई कोस
बाकी बहुत विकास कुँअर

छीन रहे शहरों वाले
ग्रामीणों का ग्रास कुँअर

ग़ज़लों में ही निकले है
पीड़ा तथा भड़ास कुँअर

एक दिन ये सब बदलेगा
अब भी है विश्वास कुँअर

❖❖❖

ग़ज़ल-92

खुशबू सा बिखर जाना
मौसम सा गुज़र जाना

कातिल सा मुस्कुराना
फिर दिल में उतर जाना

यूँ खिलखिला के हँसना
फूलों नें किधर जाना

ज़ुल्फ़ों को झटक लेना
पल भर में संवर जाना

अपना खयाल रखना
महफ़िल में अगर जाना

ये मासूम साँवलापन
हर रोज़ निखर जाना

जिसके लिये जिये हैं
उसके लिये मर जाना

तुम हो ग़ज़ल महकती
होंठों पर ठहर जाना

❖❖❖

ग़ज़ल–93

अहसास बचे हैं न झनकार बकाया
सीने में सुलगते हैं बस अंगार बकाया

हस्ती मिटा के रख दी है हमने हमारी
दरमियाँ है अब तलक दीवार बकाया

तारों में ढूँढते हैं कोई गुमशुदा चेहरा
रहना है साथ साथ ये आजार बकाया

उसने तो कह दिया है मेरा नहीं है वो
सिलसिला कायम है इंकार बकाया

पहुँचेगा कहाँ काफिला न जानें हमारा
हमसफ़र हैं अनमने खुमार बकाया

कहने को है बहुत वो आयें तो सही
ज़ेहन में रख लिये हैं अशआर बकाया

पल पल अदा करेंगे तेरा कर्ज़ ज़िंदगी
तूने रक्खा हमारा ग़र क़िरदार बकाया

हमसे नहीं होता सफ़र अब ये दर असल
हौसला बाक़ी है न रफ़्तार बक़ाया

❖❖❖

ग़ज़ल–94

ईक जंग सी जारी है अब तक
न जीती है न हारी है अब तक

ख़्वाब टूटे हैं न रात ही गुज़री
जाने कैसी खुमारी है अब तक

कल किसी और कि हो जायेगी
ये जो दुनिया तुम्हारी है अब तक

लम्हा लम्हा लुटा कर आ गये हैं
बची कुछ रेजगारी है अब तक

किसी के साथ में बीते हुये पल
यही दौलत हमारी है अब तक

❖❖❖

ग़ज़ल–95

है धुंध और धुंए में सफ़र जागते रहो
ठहरी है रात दूर सहर जागते रहो

देखो चुरा न ले कोई ख़्वाब मुसाफिर
सोना नहीं सोता है शहर जागते रहो

ख़ामोशियों को कब यहाँ इंसाफ मिला है
उठो ज़रा हो जाओ मुखर जागते रहो

मुश्किल नहीं है चाँद सितारे उतारना
मिलजुल के हो कोशिश अगर जागते रहो

सोये हुये हैं मुंसीफो हाकि़म उधर हाँ
अब तुम से है दरकार इधर जागते रहो

❖❖❖

ग़ज़ल-96

रखना पड़े अगर कदम मैदाने जंग में
न हौसला हो पाये कम मैदाने जंग में

होना है क्या अंजाम अब सोचना नहीं
अच्छा नहीं रखना भरम मैदाने जंग में

है जीतने से कम न शहादत अगर मिले
हरगिज़ न मांगना रहम मैदाने जंग में

बादलों के उस तरफ है रोशनी तमाम
हारा है उजालों से तम मैदाने जंग में

ज़ुल्मों से लड़ाई है गर वजूद के लिये
आना न लेकर इश्क़े ग़म मैदाने जंग में

जीता है यहाँ जो सिकंदर वही हुआ
सदियों से है ये ही नियम मैदाने जंग में

परचम तुम्हारे हाथ में है मुल्क का वीरों
मत रोकना बढ़ते कदम मैदाने जंग में

शेष अगले पेज पर

पिछले पेज का शेष

देखो न करना वार निहत्थों पे साथियों
ढाना नहीं जुल्मों सितम मैदाने जंग में

हम पर सदा रहेगा अहसान तुम्हारा
आये हो छोड़ पलकें नम मैदाने जंग में

बचपन से वक्त सामने खड़ा है हमारे
हारे हैं न जीते हैं हम मैदाने जंग में

हारती है जीत कर इंसानियत फिर भी
नहीं हुआ जुनून कम मैदाने जंग में

❖❖❖

ग़ज़ल–97

अभी थोड़ा ठहर जाओ चंद दस्तूर रहने दो
घंटियों से अजानों से सियासत दूर रहने दो

खलल नींदों में उनकी देखना आने नहीं पाये
उन्हें ख़बरों में रहना है उन्हें मशहूर रहने दो

कीमती ख़्वाब हैं उनके नाहक शोर न करना
सलामत ख़्वाब हों उनके हमारे चूर रहने दो

कौम के सामने देखो कई मसले बकाया हैं
अभी मज़बूरियाँ हैं कुछ हमें मज़बूर रहने दो

जज्बातों को देखो ठेस न पहुचें कोई लेकिन
गुंजाइश ज़रा चर्चाओं की ज़रूर रहने दो

❖❖❖

ग़ज़ल-98

किसी पे एतबार है अब तक
ये दिल बेकरार है अब तक

चले भी आओ शाम बाकी है
जो भूले हो करार है अब तक

दरमियाँ फासले थे पहले भी
रस्मों की दीवार है अब तक

एक मुद्दत से मुंतजिर तेरे
लम्हाँ लम्हाँ उधार हैं अब तक

फिर बड़ी दूर तक उदासी है
फिर वही इंतजार है अब तक

तुम्हारी जुस्तजू में दीवाना
तुम्हारा खाकसार है अब तक

❖❖❖

ग़ज़ल-99

दिनभर भागम भाग सही में
शहर में फैली आग सही में

कोयल है ख़ामोश यहाँ पर
बोल रहे बस काग सही में

कुम्भकर्ण की नींद में सत्ता
कब पायेगी जाग सही में

फूलों पर काँटो का पहरा
कब्ज़े में अब बाग़ सही में

कीच उछालें एक दूजे पर
कहाँ कोई बेदाग़ सही में

सारे रिश्ते मतलब के हैं
नहीं शेष अनुराग सही में

दफ़्तर दफ़्तर एक नज़ारा
बन्दर खेलें फाग सही में

अन्धकार से अब भी लढते
बुझते हुए चिराग़ सही में

❖❖❖

ग़ज़ल-100

थककर चकनाचूर हुये हैं
पर अनुभव भरपूर हुये हैं

जो भी कुछ मशहूर हुये हैं
जानें क्यों मगरूर हुये हैं

आगे बहुत निकल आये हैं
लेकिन ख़ुद से दूर हुये हैं

सपनों का बस बोझा ढ़ोते
सब के सब मज़दूर हुये हैं

कुछ बंधन हैं बाँधें उनको
हम भी कुछ मज़बूर हुये हैं

नहीं शेष है हसरत कोई
या खट्टे अंगूर हुए हैं

❖❖❖

ग़ज़ल-101

दिन भर करते जाप वगैरह
फिर भी मन में पाप वगैरह

प्यार मोहब्बत मुश्किल में है
बीच में आते खाप वगैरह

निंदा हो रचनात्मक लेकिन
रहना मत चुपचाप वगैरह

है विकास का खाका किंतु
ज़रा ग़लत है नाप वगैरह

पित्जा बर्गर पर भारी हैं
अपने आलू चाप वगैरह

वही सियासत में आगे हैं
जिनके नेता बाप वगैरह

कोयल गायन से कतराती
गधे करें आलाप वगैरह

शेष अगले पेज पर

पिछले पेज का शेष

जैसा भी हो उनका गायन
सब देते हैं थाप वगैरह

जी में आया कह डाला है
अर्थ निकालें आप वगैरह

हमनें बस यूँ ही लिखना है
नहीं छोड़नी छाप वगैरह

अपने मन में भी पीड़ा है
करते नहीं प्रलाप वगैरह

ग़ज़ल नहीं बस चुटकी ली है
मत लेना संताप वगैरह

❖❖❖

ग़ज़ल-102

फैल रही है गंद हुजूर
मुँह रक्खे हैं बंद हुजूर

कह दें या ख़ामोश रहें
मन में अंतरद्वन्द हुजूर

बुरा न मानें सच ये है
लूट रहे हैं चंद हुजूर

खुली छूट है सत्ता को
जनता है पाबंद हुजूर

अफरा तफरी है एवं
धंधा पानी मंद हुजूर

चाटुकार गुण गायेंगे
आयेगा आनंद हुजूर

आ मत जाना झांसे मै
छूट गयी है संद हुजूर

अपना क्या है जी लेंगे
खाकर कोदो कंद हुजूर

❖❖❖

ग़ज़ल-103

ज़िंदगी को गुनगुनाना चाहिये
बेवजह हँसना हँसाना चाहिये

चंद साँसों तक चलेगा खेल ये
क्यूँ कोई दिल दुखाना चाहिये

दूर तक फैली हुई हैं मुश्किलें
साथ में हमको ज़माना चाहिये

बुझ गये हैं जो दिए उम्मीद के
उन चरागों को जलाना चाहिये

ठीक है ख़्वाबों में ही आते रहो
कुछ तो जीने का बहाना चाहिये

दूर तक मजबूरियाँ कतार में हैं
रहनुमाओं शर्म आना चाहिये

देखना टूटे न धीरज भीड़ का
शहरे मुंसिफ़ को जगाना चाहिये

❖❖❖

ग़ज़ल-104

अभी शेष है रात उजाले रहने दो
अब भी दूर प्रभात उजाले रहने दो

नौजवान हाथों को दीप जलाने दो
बदलेंगे हालात उजाले रहने दो

फैला नहीं प्रकाश गाँव गलियारों में
दिये दिये में बात उजाले रहने दो

तिमिर पराजित मिलकर ही हो पायेगा
करो पहल शुरुआत उजाले रहने दो

जिसने चाँद सितारे सूरज भेंट किए
है उसकी सौगात उजाले रहने दो

❖❖❖

ग़ज़ल-105

रात सूरज तक अगर जाती
रौशनी देर तक ठहर जाती

तुमने मुड़कर ही नहीं देखा
उम्र उम्मीद में गुज़र जाती

खोल तो देते जुबाँ लेकिन
बेवजह दूर तक ख़बर जाती

हमी ने रोक लिया था बढ़कर
तीरगी रात को किधर जाती

उजाले शहर से गाँव आते
खुशबु गाँव की शहर जाती

किसी के मुन्तजिर हैं वरना
दुनिया नज़रों से उतर जाती

❖❖❖

ग़ज़ल-106

वक्त हमने गुजारा है रिसालों में मगर
तमाम उम्र भटके हैं सवालों में मगर

एक सुकून सा मिलता रहा अन्धेरों में
दिल बैचेन सा रहा है उजालों में मगर

भुलाये रखा है जिसको इक ज़माने से
बारहा आता है अपने ख्यालों में मगर

सजा के रक्खी ख़ुशियाँ तमाम चहरे पर
गम रख दिये महफूज हाँ तालों में मगर

नहीं थके हैं हौसला है अब तक बाकी
इजाफा हो रहा पाँव के छालों में मगर

जिनका दावा था साथ होंगे मुश्किल में
रहे शरीक तमाशा देखने वालों में मगर

❖❖❖

ग़ज़ल-107

हो दुनिया बेहाल हमें क्या
तंत्र हुआ बदहाल हमें क्या

नेता बाबू और अधिकारी
सभी बजाते गाल हमें क्या

लंच डिनर के मिलते कूपन
महंगी सब्जी दाल हमें क्या

जाड़ा वाड़ा हम क्या जाने
अपनी ऊनी शाल हमें क्या

मुंह में दही जमाकर रक्खा
पूछे कोई सवाल हमें क्या

जांच निरंतर जारी है फिर
थमता नहीं बवाल हमें क्या

सबका अपना अपना धंधा
फूलें फलें दलाल हमें क्या

लोकतंत्र की धुरी संभाले
वोटर हुए निढाल हमें क्या

शेष अगले पेज पर

पिछले पेज का शेष

जैसा भी हो अपना गायन
सभी दे रहे ताल हमें क्या

न्यायालय में लंबित मसले
क़ानूनों का जाल हमें क्या

नहीं प्रभावी लोक प्रशासन
नियमों का जंजाल हमें क्या

कुर्सी अपनी रहे सलामत
रहे बंद हड़ताल हमें क्या

यहाँ नुमाईश फव्वारों की
सूखा पडे अकाल हमें क्या

चाहे जिसको आँख दिखायें
नेताजी की ढाल हमें क्या

रुके सिंचाई गुल हो बिजली
रोशन है भोपाल हमें क्या

हम तो ठहरे ठेठ देहाती
बता दिया है हाल हमें क्या

जता दिया है हमने सबको
अपना रखें खयाल हमें क्या

❖❖❖

ग़ज़ल-108

है विश्राम ज़रुरी लेकिन
तय करनी है दूरी लेकिन

हों विकास के दावे जो भी
प्रगति अभी अधूरी लेकिन

हमसे भी कुछ हो न पाया
थी उसकी मज़बूरी लेकिन

जीत हार जीवन का हिस्सा
हो खेलभावना पूरी लेकिन

दवा गाँव में मिले न मिले
मिल जाती अंगूरी लेकिन

वेतन बहुत बढ़ा है उनका
कम देते मज़दूरी लेकिन

हमने चुप्पी साध रखी है
बात समझ कर पूरी लेकिन

❖❖❖

ग़ज़ल-109

ज़िंदगी मेला है न
बहुत झमेला हैं न

हमने भी भुगता है
तुमने भी झेला है न

भीड़ में रहकर भी
कोई अकेला है न

हारना तय यद्यपि
फिर भी खेला है न

जुबां पे फूल जिनके
हाथ में ढेला है न

जो सियासत में है
किसी का चेला है न

यहाँ मायूस हैं सब
काम न धेला है न

बहुत धुंधलका है
साँझ की बेला है न

❖❖❖

ग़ज़ल-110

तमाम् उम्र गुजारी है जतन कर हमने
कितने ही ख़्वाब उतारे हैं पहन कर हमने

बहुत हुआ है कब तक कोई ख़ामोश रहे
एक अरसा गुजारा है सहन कर हमने

जो भी मिलता है बोझ लिए है दिल पर
हर इक शख्स को देखा है वजन कर हमने

किसी को रास कब आते हैं तेवर अपने
चल के देख लिया है यहाँ तन कर हमने

जहाँ भी देखिये बस नुख्स नज़र आता है
जब भी सोचा है शायर कवि बन कर हमने

❖❖❖

ग़ज़ल-111

कहो आजाद है हम अब नहीं उलझन रहे कोई
हर इक दिल जीत लेना है नहीं अनबन रहे कोई

बहुत पढ़ना है बढ़ना है कुछ कर के दिखाना है
इधर मायूस अब यौवन , नहीं बचपन रहे कोई

जो सरहद पार की कहना बुरा अंजाम होना है
वतन चौकस है गफलत में,नहीं दुश्मन रहे कोई

आओ हम तोड़ दे मिलकर जंजीरे जहालत की
सबको तालीम हो हासिल नहीं बंधन रहे कोई

ये जो गुलशन हमारा है बहुत बेहतर बनाना है
इससे बेहतर ज़माने में नहीं उपवन रहे कोई

❖❖❖

ग़ज़ल-112

गीत ग़ज़ल कवितायें जिन्दा रहने दो
चिंतन और चर्चायें जिन्दा रहने दो

सुखनवरों कह दो जो भी कहना है
नेताओं निंदायें जिन्दा रहने दो

भर दो जोश जवानी में पर ध्यान रहे
कुछ बूढी चिंतायें जिन्दा रहने दो

नींद से जागें राहगीर बस इसीलिये
पथ में कुछ बाधायें जिन्दा रहने दो

जो सत्ता पर काबिज हैं बस उनकी
सारी सुख सुविधायें जिन्दा रहने दो

देखो न बचपन कोई मायूस दिखे
पौधे न कुम्हलायें जिन्दा रहने दो

❖❖❖

ग़ज़ल-113

जिसे अवसर रहा है
झोलियाँ भर रहा है

एक संशय सा कोई
मन में अक्सर रहा है

जो सच की राह पर है
वही अब डर रहा है

उनके हांथो में टोपी
हमारा सर रहा है

उसूलों पर जिया जो
रोज़ ही मर रहा है

बस शिक़वे शिक़ायत
कौन क्या कर रहा है

हम भी मुन्तजिर हैं
सावन झर रहा है

आओ मिलकर लड़ेंगे
हौसला गर रहा है

❖❖❖

स्वतंत्रता दिवस पर बधाई और शुभकामनायें..

ग़ज़ल-114

किसी की याद में घुलता रहा नाशाद रहा
मैं था तो मोम दिखता मगर फौलाद रहा

उसकी बज्म में न होने की कसक दूर हुई
वो मूझको भूल गया था उसको याद रहा

किसी ने थामकर उंगली दिखा दिया रस्ता
सफ़र तन्हाईयों का फिर उसी के बाद रहा

हमारे पास भी अपना नजरिया है मगर
बारहा अपने नजरिये पर इक विवाद रहा

किसी के साथ एक करार है जो रोकता है
अगरचे मिज़ाज जो अपना है आज़ाद रहा

वफ़ा की राह में बेहतर है एहतियात रहे
जो भी इस राह पर निकला है बरबाद रहा

अजीब ढंग है इस दौर में सियासत का
वही हाकि़म रहा है जो बड़ा उस्ताद रहा

❖❖❖

ग़ज़ल-115

दुनिया भर का बोझ उठाया करता था
जंगल बादल बारिश लाया करता था

सारे मौसम ना जानें क्यों गुमसुम हैं
हर इक मौसम नाचा गाया करता था

कितने किस्से छूट गए चौपालों पर
बूढ़ा पीपल नित्य सुनाया करता था

नहीं रही अब चहल पहल उन गलियों में
जिधर खींच कर दिल ले जाया करता था

धूप ग़मों की जब झुलसाया करती थी
चुपके से बढ़कर वो साया करता था

हम भी कुछ सहमे सहमे से रहते थे
रह रह कर वो भी शरमाया करता था

लौट आते हम नम आँखें मुस्कान लिए
वो भी अपना दर्द छुपाया करता था

शेष अगले पेज पर

पिछले पेज का शेष

हर शय में था जिसे ढूँढने रोजाना
मंदिर मस्जिद आया जाया करता था

दिखा नहीं पर कोई अक्सर साथ रहा
वक्त हमें जब भी अजमाया करता था

❖❖❖

ग़ज़ल-116

दिन में तारे देखे हैं
अजब नज़ारे देखे हैं

बेबस हिज़रत देखी है
वक्त के मारे देखे हैं

जाने कैसा मर्ज़ है ये
ख़ौफ़ में सारे देखे हैं

बड़ी चुनौती सामने है
साफ इशारे देखे हैं

जहाँ पे चर्चा होनी थी
वहाँ पे नारे देखे हैं

जब की बात ग़रीबी की
कागद कारे देखे हैं

अभी धरा पर आए हैं
चाँद सितारे देखे हैं

शेष अगले पेज पर

पिछले पेज का शेष

थाम रखो पतवार अभी
दूर किनारे देखे हैं

हमें वही समझा जिसने
घाव हमारे देखे हैं

❖❖❖

ग़ज़ल-117

रोकेंगे मसखरे कदापि रुकना मत
द्वेष राग से भरे कदापि रुकना मत

कठिन वक्त है बड़ी चुनौती है सम्मुख
समझ से इनकी परे कदापि रुकना मत

कुछ की कुंठा और हताशा स्वाभाविक
हाशिए पर धरे कदापि रुकना मत

निंदक गाल बजाते मत परवाह करो
तुम हो योद्धा खरे कदापि रुकना मत

मानवता ने देखें हैं कितने विप्लव
क्यों कर रहना डरे कदापि रुकना मत

गर सुधार का बीड़ा लेकर निकले हो
कोई कुछ भी करे कदापि रुकना मत

अवरोधक कुछ दृश्य सुहाने आयेंगे
दूर है मंज़िल अरे कदापि रुकना मत

❖❖❖

ग़ज़ल-118

दीप उजाला बाती अम्मा
तिल तिल जलती जाती अम्मा

मीठी लोरी गाती अम्मा
रोजाना याद आती अम्मा

बस्ता नित्य जमाती अम्मा
किस्से रात सुनाती अम्मा

सबको ख़ूब खिलाती पहले
फिर थोड़ा कुछ खाती अम्मा

बाबूजी जब गुस्सा करते
मंद मंद मुस्काती अम्मा

दिन में कान उमेठा करती
रुठे अगर मनाती अम्मा

गुस्से में जब पीटा करती
आँसू स्वयं बहाती अम्मा

शेष अगले पेज पर

पिछले पेज का शेष

सारे दर्द छुपाकर रखती
खुलकर कहाँ बताती अम्मा

चोट लगे या कोई ग़म हो
पहले बस याद आती अम्मा

❖❖❖

ग़ज़ल-119

ये क्या मंज़र हमारे सामने है
हर तरफ डर हमारे सामने है

चले आओ यहाँ कोई नहीं है
दीवारो दर हमारे सामने है

खिड़की है न दरवाज़ा कहीं है
ये कैसा घर हमारे सामने है

फ़सल अच्छी बताई जा रही है
ज़मीं बंजर हमारे सामने है

ख़्वाबों में रहा जो आशियाना
वो अब जर्जर हमारे सामने है

बाँधकर पंख मुंसिफ़ ने कहा है
खुला अम्बर हमारे सामने है

जो मंज़र भूल जाना चाहता हूँ
वही अक्सर हमारे सामने है

❖❖❖

ग़ज़ल–120

जाने क्या समझा कर के
चला गया बहला कर के

नींद ले गया है हमसे
झूठे ख़्वाब दिखा कर के

प्यार कोई अहसान नहीं
हमने कहा जता कर के

शायद कुछ कम हो जाए
दिल का दर्द बयाँ कर के

अपना क्या है चल देंगे
थोड़ा हँसकर गा कर के

सारी ख़ुशियाँ बाँट दिए
रक्खी नहीं बचा कर के

न जानें क्यों ज़ख़्म मिले
देखा अगर भला कर के

शेष अगले पेज पर

पिछले पेज का शेष

जिन्हें उजाला करना था
अक्सर गए धुआँ कर के

दवा अगर न काम करे
दिल से देख दुआ कर के

❖❖❖

ग़ज़ल-121

साग पुडी बिरयानी कक्का
गद्दा पल्ली छानी कक्का

मेला सो आंनद बरस रओ
आंदोलन की बानी कक्का

इंतज़ाम तो नौने हैं मनो
पंचायत जा कानी कक्का

राजनीति को बनी अखाड़ा
कैसें होत किसानी कक्का

हम जैसे छोटे मोटन को
मंडी में मनमानी कक्का

बतियावे को राजी नैयां
इसमें कैसी हानी कक्का

कछु करो तो ठेंके छींकत
आदत बड़ी पुरानी कक्का

शेष अगले पेज पर

पिछले पेज का शेष

सड़कों पे क़ानून बनत का
जा तो ज़िद नादानी कक्का

बातों में इनकी नई आ रई
जनता बड़ी सियानी कक्का

❖❖❖

(किसान आन्दोलन पर बुन्देली ग़ज़ल)

ग़ज़ल-122

फैलाया भ्रम जाल बड़े दा
बचना है हर हाल बड़े दा

है किसान बेहाल बड़े दा
बाकी मालामाल बड़े दा

बदलावों से जिनको घाटा
करते वही बवाल बड़े दा

परिवर्तन से डरना क्यों कर
चलें समय की चाल बड़े दा

गर क़ानून पुराने अच्छे
तो क्यूँ हम कंगाल बड़े दा

हमको ही तय कर लेने दो
किसको बेंचे माल बड़े दा

बहुत गीत गाए खेती पर
छूटे बड़े सवाल बड़े दा

सूख गए हैं गाँव गाँव में
नदियाँ पोखर ताल बड़े दा

शेष अगले पेज पर

पिछले पेज का शेष

दफ़्तर दफ़्तर घूम घूम कर
होते कृषक निढाल बड़े दा

आश्वासन पर बरसों बीते
रहे बजाते गाल बड़े दा

परिवर्तन की पहल हुई तो
रहे अडंगे डाल बड़े दा

नए सुधारों कि कोशिश को
फिर से न दें टाल बडे दा

अपना हिस्सा छीन रहें थे
मिलकर सालों साल बड़े दा

अपनी थाली पर नज़रें हैं
उनका सज्जित थाल बड़े दा

हुई किसानों की अनदेखी
बरसों रहा मलाल बड़े दा

तर्क रखें अपने दृढ़ता से
करना क्यूँ हड़ताल बड़े दा

बातचीत से ही निकलेगा
बेहतर कोई निकाल बड़े दा

हमने अपनी बात रखी है
कहना मत वाचाल बड़े दा

❖❖❖

कृषि आन्दोलन पर लिखी ग़ज़ल

ग़ज़ल-123

प्रश्न बड़ा विकराल समझ रय
चलना है भोपाल समझ रय

मेला सा रहता है निस दिन
शहर है बड़ा कमाल समझ रय

अपना बस आना जाना है
कहना नहीं दलाल समझ रय

दिल्ली बंबई या कलकत्ता
सबका है ये हाल समझ रय

सत्ता चाहे जिस दल की हो
लेंगे काम निकाल समझ रय

अमरीका से बेहतर सड़कें
बहुत बड़ा है ताल समझ रय

चुप रहकर बस देखा करना
होना मत वाचाल समझ रय

सत्ता के लकदक गलियारे
बड़े बड़े हैं मॉल समझ रय

शेष अगले पेज पर

पिछले पेज का शेष

सरपट गाड़ी दौड़ते सब
लेकर बत्ती लाल समझ रय

काम बड़ा है लेकर चलना
बिस्तर आटा दाल समझ रय

जटिल कार्य है धीरज रखना
लग सकता है साल समझ रय

कोर्ट कचहरी के चक्कर में
खींच जाती है खाल समझ रय

ऊंची बहुत पकड़ है अपनी
करना नहीं सवाल समझ रय

रुपया पैसा कपडे वगैरह
रखना ज़रा संभाल समझ रय

बहुत बड़ी है कोठी उनकी
होते सभी निहाल समझ रय

आकर यहाँ धनाढ्य हुऐ हैं
पहले थे कंगाल समझ रय

सबका है किरदार अलहदा
चम्मच लोटा थाल समझ रय

बाबू से चिकचिक मत करना
कर देते हडताल समझ रय

पिछले पेज का शेष

अफसर डाँट डपट करते हैं
होना नहीं निढाल समझ रय

कौन शिक़ायत सुनता सबके
मिले हुए सुरताल समझ रय

अदब जताना इन्हे देखकर
कुर्ता जैकेट शाल समझ रय

तम्बू का आवेदन करना
मिलना है रुमाल समझ रय

पहले तो सब ना करते हैं
फिर ग़लती है दाल समझ रय

नियम की बात करेंगे पहले
फिर मांगेंगे माल समझ रय

तंत्र हुआ है विकसित ऐसा
मकड़ी जैसा जाल समझ रय

अपना ही चंदन है जी हाँ
अपना ही है भाल समझ रय

तंत्र तमाचा जड़ सकता है
पीछे रखना गाल समझ रय

ग़ज़ल तो एक बहाना है बस
की है इक पड़ताल समझ रय

❖❖❖

ग़ज़ल-124

जुल्फ़ों में ठहरा है बादल रहने दो
आँखों में जंचता है काजल रहने दो

तन मन भीगा है ये सावन क्या जाने
बूंदे भी करती हैं घायल रहने दो

तुमसे ही है आस तुम्हीं से उजियारा
चेहरे पर मुस्कान ये चंचल रहने दो

थमें नहीं संगीत थिरकते पाँवों से
मंत्र मुग्ध करती है पायल रहने दो

नाहक है श्रृंगार तुम्हारा समझो भी
मोहक रूप तुम्हारा श्यामल रहने दो

तुमने ही तो दीवाना कर के छोड़ा
मान लिया ये दिल है पागल रहने दो

रहने दो कुछ छाँव नींद आ जाने तक
आँचल का ये साया दो पल रहने दो

❖❖❖

एक श्रृंगारित ग़ज़ल

ग़ज़ल-125

जितने ख़्वाब दिखाती नींद
अक्सर सुबह भुलाती नींद

रातों को तरसाती नींद
सुबह सुबह आ जाती नींद

झूठे हो या सच्चे हों
सपने नित्य सजाती नींद

लौट के तुम आ जाओगे
झूठ मूठ बहलाती नींद

यादें लेकर आती है
अक्सर हमें सताती नींद

एक ना इक दिन आएगी
हमको हँसती गाती नींद

है मेहनत का पारिश्रमिक
सबको यही जताती नींद

❖❖❖

ग़ज़ल-126

बना रहे सदभाव देखना रामलला
जीते प्रेम लगाव देखना रामलला

जीत हार से बहुत बड़े हैं आप प्रभु
रह न जाएँ घाव देखना रामलला

भक्तों का अधिकार रखेंगे उम्मीदें
है विनम्र प्रस्ताव देखना रामलला

आपस के झगडे में डूब नहीं जाए
हम सब की ये नाव देखना रामलला

कोई भूखा रहे न हो शोषित कोई
रहें नहीं आभाव देखना रामलला

सबको मिले विवेक आए खुशहाली
हो बेहतर बर्ताव देखना रामलला

अभी नहीं आई है न्यायोचित समता
लाना है बदलाव देखना रामलला

शेष अगले पेज पर

पिछले पेज का शेष

देर हुई है सचमुच पर अँधेर नहीं
आए न ठहराव देखना रामलला

राज्य तुम्हारा सृष्टि की सीमाओं तक
जन्मे न अलगाव देखना रामलला

जन्म भूमि से फैले स्नेह दिशाओं में
सबका रहे जुड़ाव देखना रामलला

राम राज्य की आशा में जीवन बीता
परिणित हो यह भाव देखना रामलला

न्याय हुआ है आनंदित है गाँव शहर
होगा खत्म तनाव देखना रामलला

❖❖❖

ग़ज़ल–127

थोड़े ज्यादा कम आए हैं
सबके हिस्से ग़म आए हैं

आधी सदी बिताकर भैया
इसी नतीजे हम आए हैं

जब भी लेने गए मशविरा
लौट के लेकर भ्रम आए हैं

फूल बहुत भेजे सरहद पर
बदले में बस बम आए हैं

बीमारी काफूर हुई वो
लेकर पलकें नम आए हैं

ग़ज़लों ने दीवाना रक्खा
वरना बहुत सितम आए हैं

सूख गए है काफी सपने
कुछ कुछ थोडे जम आए हैं

❖❖❖

ग़ज़ल-128

झूठ मुखर है
सच कातर है

गाँव गाँव है
शहर शहर है

ग़मों से रिश्ता
जीवन भर है

साथ में चलना
हिम्मत गर है

कड़ी धूप है
नहीं शजर है

साथ निभाना
प्यार अगर है

तुम बिन जीना
नित्य समर है

मेरे हो तुम
तुम्हें ख़बर है

सबको जाना
कौन अमर है

बात है दिल की
लघु बहर है

❖❖❖

ग़ज़ल-129

कुए घुली है भंग यहाँ तो
हर चेहरे पे व्यंग यहाँ तो

बड़ा हो कोई या छोटा हो
सभी आ गए तंग यहाँ तो

नहीं है संभव यहाँ जानना
कौन है किसके संग यहाँ तो

श्वेत श्याम हैं सारे चहरे
उड़ा है सबका रंग यहाँ तो

जिसे देखिए हमलावर है
छिड़ी हुई है जंग यहाँ तो

अभिनय कला नाममात्र हैं
दिखा रहे हैं अंग यहाँ तो

फैल रही है बड़ी हताशा
जोश न शेष उमंग यहाँ तो

कैसे गुज़री आकर देखो
रह जाओगे दंग यहाँ तो

❖❖❖

ग़ज़ल-130

हो गया है गुनाह फूलों से
अब न होगा निबाह फूलों से

आ ही जाते हैं बीच में नश्तर
जब मिली है निगाह फूलों से

सफ़र है ज़िंदगानी कांटों का
कम निकलती है राह फूलों से

दो दिनों के लिए रंगो खुशबू
कौन बेहतर गवाह फूलों से

ता उम्र कसकते रहे दिल में
पड़ी महंगी है चाह फूलों से

तुमने देखा है मुस्कुराते हुए
निकलती भी है आह फूलों से

❖❖❖

ग़ज़ल-131

भूल गए सब नाते ख़त
आते हैं न जाते ख़त

कितना कुछ कह जाते थे
थोड़ा बहुत छुपाते ख़त

दिल में अब भी रक्खे हैं
हमने कुछ शरमाते ख़त

खूंटी पर एक तार में हैं
रोते हँसते गाते ख़त

हमने ख़ूब लिखे लेकिन
कम ही हमको आते ख़त

हों जिसके भी नाम मगर
दौड़ के हमीं उठाते ख़त

संबंधों के संवाहक
रिश्ते नए बनाते ख़त

पहुँचे नहीं पते पर सच
दिल का हाल बताते ख़त

राख हो गईं यादें कुछ
कैसे मगर जलाते ख़त

❖❖❖

ग़ज़ल–132

ज़मीं पर आसमां कोई नहीं है
नज़र में कहकशां कोई नहीं है

दूर तक धूप का समंदर है
कहीं पर सायबां कोई नहीं है

चले आओ बड़ी दुश्वारियाँ हैं
हमारा रहनुमां कोई नहीं है

किसलिए देखना नज़रें बचाकर
हमारे दर्मियाँ कोई नहीं है

कत्ल मासूमियत का हो गया है
मगर नामों निशां कोई नहीं है

कटघरे में खड़ी सच्चाई रुसवा
हक़ीक़त की अनां कोई नहीं है

सियासत की कई मज़बूरियाँ हैं
अभी उनका बयाँ कोई नहीं है

सभी हाकिम के हक में बोलते हैं
मुफ्लिसों की जुबां कोई नहीं है

❖❖❖

ग़ज़ल-133

देखो समझदारों इशारा तो बहुत है
औरों को दरोगा ने सुधारा तो बहुत है

दफ़्तर में आइसोलेट बेहतर करें जनाब
पत्नी पीड़ितों ने पुकारा तो बहुत है

जो दस्तखत दफ़्तर में करते थे शान से
झाड़ू लगाई छौंका बघारा तो बहुत है

कॉपी किए संदेश कितने पेस्ट कर दिए
और फेस बुक पे वक़्त गुजारा तो बहुत है

घर रहो घर पर रहो सुनते हैं घर डले
उडें गगन में दिल ये हमारा तो बहुत है

वो भी न आए छत पे हम पर भी बंदिशे
प्रतिबंध इश्क पर भी करारा तो बहुत है

ख़ामोश दर हैं और हैं रास्ते गुमसुम
खिड़की पे सूनसान नज़ारा तो बहुत है

पार लगा देगा फिर वो कश्ती यक़ीनन
माना के अब भी दूर किनारा तो बहुत है

❖❖❖

ग़ज़ल-134

घर पर संभव रेस्ट करेंगे
सबसे यही रिक्वेस्ट करेंगे

प्रतिबंधों में कैसे रहना
अब के ख़ुद को टेस्ट करेंगे

सुविधाएँ कुछ कम तो होंगी
खुशी खुशी एडजेस्ट करेंगे

देश के हित में हुआ है निर्णय
क्यों कर हम प्रोटेस्ट करेंगे

लंबित कितने काम पड़े हैं
समय न हरगिज़ वेस्ट करेंगे

ख़ुद को ख़तरे में डालेंगे
क्या तो आकर गेस्ट करेंगे

इस मुश्किल में योगदान हो
हम तो कोशिश बेस्ट करेंगे

कल उड़ लेंगे आसमान में
आज अनुशासित नेस्ट करेंगे

❖❖❖

ग़ज़ल-135

ज़ेहन में कुछ सवाल लिए घूम रहा है
जो भी मिला मलाल लिए घूम रहा है

नौजवां आँखों का नूर जानें क्या हुआ
सीने में एक उबाल लिए घूम रहा है

कालिख का ज़माना है तीरगी भी है
तू किस लिये गुलाल लिए घूम रहा है

देखा नहीं है हमने महसूस किया है
हर शख्स यहाँ जाल लिए घूम रहा है

जंगल चुरा लिया है जिसने तमाम अब
फूलों भरी एक डाल लिए घूम रहा है

चेहरे की झुर्रियों में ये जिस्म यक़ीनन
गुज़रे हुए कई साल लिए घूम रहा है

दिखता नहीं है लेकिन मौजूद हर जगह
वो जो भी है कमाल लिए घूम रहा है

❖❖❖

ग़ज़ल–136

मूड से ऊपर पानी तो का
दिन उंगे हैरानी तो का

कां नों कर्जा माफी हुइए
बदल गई है बानी तो का

और धरो रूजगार किते है
भोतई कठन किसानी तो का

अबके उगरा लगो फ़सल पे
मोड़ी भई सियानी तो का

मोड़ामोड़ी गुटका खा रय
बूढ़ी लगत जवानी तो का

पूंछ परख नैयाँ कोनऊ की
नेतन की मनमानी तो का

घर में नाज न उन्ना नौने
चुचा रई है छानी तो का

जी की लाठी भेंस ओई की
बूढ़े भय तब जानी तो का

हम तो दांत निपोरत फिर रै
आँखन में है पानी तो का

❖❖❖

ग़ज़ल-137

मुल्क जाग उठा बदगुमान थोड़ी है
कोई पहले सा अब हिंदुस्तान थोड़ी है

बड़े शायर हैं आप मान लिया है लेकिन
जमीर अपना इधर बेजुबान थोड़ी है

किसी के बाप का हिंदोस्ता नहीं लेकिन
वतन सराय या कोई दुकान थोड़ी है

जो भी आया यहाँ पलकों पे बिठाया हमने
बे वजह मुल्क की ये आन बान थोड़ी है

रहे हैं प्यार से सदियों यहाँ सभी मज़हब
और किसी कौम की ये पहचान थोड़ी है

ज़ख़्म सीने पे तो खाएँ हैं इनकार नहीं
हमारी पीठ पर कोई निशान थोड़ी है

अभी लंबा है सफ़र आयेंगे कई मसले
है बहुत हौसला कोई थकान थोड़ी है

इस मिट्टी का तो इंसानियत ही मज़हब है
बना नफ़रत से जो पाकिस्तान थोड़ी है

❖❖❖

ग़ज़ल-138

दुनियाँ से ये लगाव दो चार दिन का है
ये ग़म खुशी तनाव दो चार दिन का है

रहता नहीं है ताज़ हमेशा किसी के सर
पद से जुड़ा प्रभाव दो चार दिन का है

इक नाव पे सवार सब ऊंचा नहीं कोई
ये उच्चता का भाव दो चार दिन का है

मिट्टी से बना जिस्म है मिट्टी में मिलेगा
ये सारा रख रखाव दो चार दिन का है

मेरे हो तुम मेरे कभी अजमा के देख लो
ये रूठना अलगाव दो चार दिन का है

जितने भी मिले ज़ख़्म निशान हैं बाकी
जो भी है नया घाव दो चार दिन का है

अकड़ ये अहंकार यूँ बढ़चढ के बोलना
मुंछो पे देना ताव दो चार दिन का है

मतभेद देखना न पड़ें मुल्क पे भारी
मतदान ये चुनाव दो चार दिन का है

❖❖❖

ग़ज़ल-139

मुद्दा नया उछाला जाए
पीछे पहले वाला जाए

अगर सियासत करनी है
घी अग्नी में डाला जाए

जिनके पास में रुतबा है
उनके गले में माला जाए

सर्द हुए हैं दिल सबके
क्यों कर लहू उबाला जाए

जिसको देखो बहक रहा
बोलो किसे संभाला जाए

जीना है बेख़ौफ़ अगर
ख़्वाब न कोई पाला जाए

हमें अँधेरे रास आए
चाहे जहाँ उजाला जाए

सच से कह दो चुप बैठे
रस्ता यही निकाला जाए

❖❖❖

ग़ज़ल-140

बना रहे सदभाव देखना रामलला
जीते प्रेम लगाव देखना रामलला

जीत हार से बहुत बड़े हैं आप प्रभु
रह न जाएँ घाव देखना रामलला

भक्तों का अधिकार रखेंगे उम्मीदें
है विनम्र प्रस्ताव देखना रामलला

आपस के झगडे में डूब नहीं जाए
हम सब की ये नाव देखना रामलला

कोई भूखा रहे न हो शोषित कोई
रहें नहीं आभाव देखना रामलला

सबको मिले विवेक आए खुशहाली
हो बेहतर बर्ताव देखना रामलला

अभी नहीं आई है न्यायोचित समता
लाना है बदलाव देखना रामलला

देर हुई है सचमुच पर अँधेर नहीं
आए न ठहराव देखना रामलला

राज्य आपका सृष्टि की सीमाओं तक
जन्मे न अलगाव देखना रामलला

जन्म भूमि से फैले स्नेह दिशाओं में
सबका रहे जुड़ाव देखना रामलला

राम राज्य की आशा में जीवन बीता
परिणित हो यह भाव देखना रामलला

न्याय हुआ है आनंदित है गाँव शहर
होगा खत्म तनाव देखना रामलला

❖❖❖

ग़ज़ल–141

जनमत का अपमान करेंगे
पूरे बस अरमान करेंगे

कुर्सी की खातिर ये देखना
मित्रों को कुर्बान करेंगे

सत्ता पाकर देख विदूषक
दूषित हिंदुस्तान करेंगे

प्रजातंत्र से क्या लेना है
बच्चों का ही ध्यान करेंगे

नीति नियम टका सेर हैं
मूल्यों का नुकसान करेंगे

सत्ता फल है अमृत जैसा
मिलजुल के रसपान करेंगे

ग़ज़लों में ही बता रहे हैं
दुखड़ा कहाँ बयान करेंगे

❖❖❖

ग़ज़ल-142

जाने क्या समझा कर के
चला गया बहला कर के

नींद ले गया है हमसे
झूठे ख़्वाब दिखा कर के

प्यार कोई अहसान नहीं
हमने कहा जता कर के

शायद कुछ कम हो जाए
दिल का दर्द बयाँ कर के

अपना क्या है चल देंगे
थोड़ा हँसकर गा कर के

सारी ख़ुशियाँ बाँट दिए
रक्खी नहीं बचा कर के

न जानें क्यों ज़ख़्म मिले
देखा अगर भला कर के

शेष अगले पेज पर

पिछले पेज का शेष

जिन्हें उजाला करना था
अक्सर गए धुआँ कर के

दवा अगर न काम करे
दिल से देख दुआ कर के

❖❖❖

ग़ज़ल-143

कब तलक प्यार मोहब्बत की जुबां बोलेंगे
हैं जो ख़ामोश बगावत की जुबां बोलेंगे

करीब आ के तुम्हें दिल से जो लगाएँगे
जुबां खोलेंगे सियासत की जुबां बोलेंगे

हमें मंजूर नहीं है ये आलम फिर भी
जब भी बोलेंगे शराफ़त की जुबां बोलेंगे

हर इक साँस जिनके वास्ते अदा की है
न जानें कब वो इनायत की जुबां बोलेंगे

ये किस मुकाम पे जम्हूरियत चली आई
अब हुक्काम हुकघूमत की जुबां बोलेंगे

नहीं होना है असर हमको गुमां है लेकिन
हम तो बोलेंगे शिक़ायत की जुबां बोलेंगे

❖❖❖

ग़ज़ल-144

लिखो फिर इतिहास हमारा
बिखर रहा विश्वास हमारा

दिशा भ्रमित है सफ़र हमारा
भ्रमित हुआ आभास हमारा

गरम हो रही धरती हर दिन
घुट न जाए श्वास हमारा

नहीं रुका है नहीं रुकेगा
समय नहीं है दास हमारा

कैद रहें क्यों दीवारों में
सृष्टि है आवास हमारा

आ न पाए कभी जुबां पर
दुख हो या संत्रास हमारा

सच्चाई को खुलकर कहना
रहता यही प्रयास हमारा

❖❖❖

ग़ज़ल-145

चुप रहना है बोला है
ज़हर हवा में घोला है

ख़ुशियाँ कहीं नहीं रक्खी
हमने ख़ूब टटोला है

नमी भले हो आँखों में
दिल में झाँको शोला है

ठाठ देख नेताओं के
अपना भी मन डोला है

ग़म ख़ुशियों से भारी हैं
हमने अक्सर तोला है

सपनों का बाज़ार बड़ा
हाथ में छोटा झोला है

यहाँ नहीं स्थिर कुछ भी
दुनियाँ घूमता गोला है

ग़ज़ल तो एक बहाना है
हमने बस दिल खोला है

❖❖❖

ग़ज़ल-146

टूट रही है आस गाँव में
पहुँचा नहीं विकास गाँव में

सूखा ओले जात पात फिर
झंझट नित्य पचास गाँव में

कर्ज लगान समय पर भरना
गए हैं साहब ठांस गाँव में

सबके मन में आशंकाएँ
सबके दिल में फांस गाँव में

दुख पीड़ा संघर्ष निरंतर
व्यापक है संत्रास गाँव में

घी मक्खन व दूध शहर में
बाकी रहता छास गाँव में

शहरों में जितने दिखते हैं
उतने नहीं प्रयास गाँव में

नहीं मिली आजादी पूरी
होता है आभास गाँव में

शेष अगले पेज पर

पिछले पेज का शेष

मेंढ चरोखर कहाँ बचे हैं
पूछें आस पास गाँव में

ज़रा शहर से आ कर समझें
क्यों हैं लोग उदास गाँव में

❖❖❖

ग़ज़ल-147

चेहरे पर मुस्कान रखा कर
पीछे कहीं थकान रखा कर

मान सभी को देना लेकिन
अपना भी सम्मान रखा कर

जंगल का क़ानून यहाँ पर
ऊंचा ज़रा मचान रखा कर

जानें कब ये बोल पड़ेंगी
दीवारों पर कान रखा कर

चादर से बाहर न निकलें
पाँव भले ही तान रखा कर

देख ज़माने भर के सपने
दिल में हिंदुस्तान रखा कर

अर्थ गूढ़ हो अच्छा है पर
भाषा तो आसान रखा कर

शेष अगले पेज पर

पिछले पेज का शेष

मज़हब दिल में रखना लेकिन
ज़ेहन में विज्ञान रखा कर

छोड़ छाड़ कर जाना होगा
कितना भी सामान रखा कर

❖❖❖

ग़ज़ल–148

सर्द रिश्तों में अब जज्बा न ढूँढें
इधर इस भीड़ में अपना न ढूँढें

पिघलते जा रहे हैं सब बराबर
कोई पहले सा अब चेहरा न ढूँढें

हमीं कह जाएँगे अपनी कहानी
हमारे बाद फिर किस्सा न ढूँढें

मैं अपने आप में गुम हो गया हूँ
निकल के आऊंगा इतना न ढूँढें

यहाँ चारों तरफ कोहरा घना है
यही बेहतर है हम रस्ता न ढूँढें

समंदर है मेरी नज़रों में हरगिज़
हमारी आँखों में दरिया न ढूँढें

❖❖❖

ग़ज़ल-149

टूट रही है आस गाँव में
पहुँचा नहीं विकास गाँव में

सूखा ओले जात पात फिर
झंझट नित्य पचास गाँव में

कर्ज लगान समय पर भरना
गए हैं साहब ठांस गाँव में

सबके मन में आशंकाएँ
सबके दिल में फांस गाँव में

दुख पीड़ा संघर्ष निरंतर
व्यापक है संत्रास गाँव में

घी मक्खन व दूध शहर में
बाकी रहता छास गाँव में

शहरों में जितने दिखते हैं
उतने नहीं प्रयास गाँव में

यज्ञ कथाएँ करवा देंगे
नेताजी के खास गाँव में

शेष अगले पेज पर

पिछले पेज का शेष

नहीं मिली आजादी पूरी
होता है आभास गाँव में

मेंढ चरोखर कहाँ बचे हैं
पुंछें आस पास गाँव में

ज़रा शहर से आ कर समझें
क्यों हैं लोग उदास गाँव में

❖❖❖

ग़ज़ल-150

रखना कायम जोश यहाँ पर
रहना मत ख़ामोश यहाँ पर

अर्थ निकालेंगे मन माफिक
मढ़ देंगे फिर दोष यहाँ पर

सबकी अपनी अपनी पीड़ा
अपना अपना रोष यहाँ पर

दिखा रहें हैं जमकर सपने
खाली है पर कोश यहाँ पर

न्याय समय पर नहीं हुआ तो
फूटेगा आक्रोश यहाँ पर

नहीं मिलेगा सब को सब कुछ
रखना होगा संतोष यहाँ पर

❖❖❖

ग़ज़ल-151

चंद वादे उछाल फेंक देंगे
मछलियों को जाल फेंक देंगे

हमें मालूम है सियासतदां
फिर नया कमाल फेंक देंगे

वो तलवार म्यान में रख ले
हम भी अपनी ढाल फेंक देंगे

मनमुआफिक सुबह आ जाए
गुज़रे जितने साल फेंक देंगे

तमाम ख़्वाब धूल खा रहे हैं
किसी दिन निकाल फेंक देंगे

❖❖❖

कविता खण्ड

चलो मिलकर दीप जलाते हैं

चलो मिलकर दीप जलाते हैं
उम्मीद की किरण जगाते हैं
जहाँ धूप कभी न जाती हो
जहाँ दीपक हो न बाती हो
जहाँ अब तक सुबह नहीं पहुँची
जहाँ उम्मीदें कुम्हलाती हों
वहाँ मिलकर दीप जलाते हैं
उम्मीद की किरण जगाते हैं
जहाँ दुष्कर पाना न्याय हुआ
वंचित शोषित निरुपाय हुआ
जहाँ चेहरों पर मुस्कान नहीं
कृषक स्वयं कृशकाय हुआ
वहाँ मिलकर दीप जलाते हैं
उम्मीद की किरण जगाते हैं
जहाँ आगे दिखती राह न हो
जहाँ यौवन में उत्साह न हो
जहाँ प्रीत गीत न गुंजित हो
जहाँ निश्छल स्नेह प्रवाह न हो
वहाँ मिलकर दीप जलाते हैं
उम्मीद की किरण जगाते हैं
जहाँ मूल्यों का उत्थान नहीं
जहाँ वृद्धों को सम्मान नहीं
जहाँ अहंकार ही मन में हो
जहाँ कर्तव्यों का भान नहीं
उम्मीद की किरण जगाते हैं
चलो मिलकर दीप जलाते

❖❖❖

बोनसाई

बाँधकर हाथ पाँव मेरे
रोक कर बाढ़ ..प्रगति.. उन्नति मेरी..!
खुश होते हो..तुम
दूसरों का छोटा होना..
खुश करता है तुम्हें..न..?
यही तो करते आए हो..तुम
नियति की शुरुआत से ही..
मुझे बोनसाई बनाकर..बढ़ जायेगी
तुम्हारे ड्राइंग रूम की शोभा..लेकिन
क्या कभी मेरा दुख अनुभव किया है..!
क्षमताओं संभावनाओं के बावजूद
छोटा रह जाना..सिमट जाना..!
प्रकृति ने नेतृत्व दिया है तुम्हें.. धरा पर
जीवन का..लेकिन तमाम जीव जंतुओं की
पेड़ पोधों की.. जमीन छीन ली है तुमने..
अपनी सुख सुविधाओं के लिए..
सफलता के मद में भूल रहे हो मानव तुम..
पेड़ पोधों जीव जंतुओं के बिना तुम भी
सिमट जाओगे किसी दिन..रुक जाएगी
बाढ़..प्रगति सारी..रह जाओगे होकर
बोनसाई..

❖❖❖

...ठहरना मत कहीं

हरगिज़.. ठहर मत जाना..
स्वयं घूमती इस धरा पर..
कुछ नहीं ठहरता है..कभी..!
न..ही.. ठहरना है ...कुछ
बस प्रकाश व अँधकार है..
शाश्वत..यहाँ पर..।
ठहरना.ही.. तो कुछ क्षण..उन
वृक्षों की तरह..
जो अपने हिस्से की धूप लेकर..
अपनी अर्जित छाँव देकर...सूख जाते हैं..
बिना कुछ कहे..सुने.. निशब्द..
किसी नवजात पौधे..के लिए..
अपनी जमीन छोड़कर..
कि उग आए नई कोंपल..
नया..वृक्ष..!
अधिक ठहरना मत..
तब तक कतई..मत ठहरना..
कि कोई पूछ ही बैठे....
कब तक ठहरोगे..!

❖❖❖

होली पर एक श्रृंगारित प्रयास

आँखों में साँझ सवेरे हो
तुम मेरे हो बस मेरे हो

रंगों में तुम रागों में तुम
नींदों में तुम ख़्वाबों में तुम
कोई कैसे दिल में आ पाये
हर कोना मन का घेरे हो

फिर रंगों की बौछार चले
तन मन भीगे झंकार चले
तुम भी आ जाते फागुन है
दिगदिशा में रंग बिखेरे हो

मन करता है तुम साथ चलो
लेकर हाथों में हाथ चलो
जीवन की मुश्किल राहों में
कितने ही अधिक अँधेरे हो

जब भी जी चाहे आ जाना
उम्मीदें सुप्त जगा जाना
मन के रिक्त पटल पर तुम
रंग भरते रहे चितेरे हो

ये कुछ फेरों का खेल नहीं
रीती रिवाज की जेल नहीं
ये बंधन है कई जन्मों का
क्यूँ सच से आँखे फेरे हो

तुम मेरे हो बस मेरे हो
हाँ मेरे हो तुम मेरे हो

❖❖❖

साक्षात्कार

रोज़ ही बैठ जाता हूँ..तुम्हारे सामने
जमाकर बिसात...
नौसिखिया बच्चों की तरह...!
मेरी बालसुलभ चालों पर
पितृतुल्य वात्सल्य के साथ...
तुम्हें..कौतूहल से मुस्कुराते हुए
अक्सर महसूस किया है..!
अनगिनत लोगों के साथ खेल लेते हो
तुम एक साथ ..अदृश्य होकर..!
जीतता नहीं है तुमसे कोई बाजी..
जीतना नहीं है तुमसे कभी..बाजी..
लेकिन खेल समझना जरुरी है..
जीवन का...!
इसलिए रोज़ ही जमाकर बैठ जाता हूँ
बिसात तुम्हारे सामने...इस आस्था
और विश्वास के साथ की मेरी मासूम
और ग़लत चालों को भी तुम सदैव
निर्विकार होकर कौतूहल से देखोगे..
क्योंकि जीतता नहीं है तुमसे.. कभी कोई...।

❖❖❖

गौरैया

तुम नहीं आती..
अब नहीं आती तुम..
अक्सर नींद टूटी है..सुबह सुबह
तुम्हारी मीठी किलकारी सी आवाज से..
न जानें क्यों अब तुम नहीं आती..
रूठ गई है तुम्हारी निश्छलता शायद..
नहीं आती तुम आंगन में..खिड़की या छत पर..
ढूँढ़ती हैं आँखे रोजाना सुबह सुबह तुम्हें..
चारों तरफ..
और तुम्हारी अनुपस्थिति में..
हो जाती है एक उदास बेसुरे दिन की शुरुआत..
हाँ हमी ने तो छीनी है तुम्हारी मासूम उछलकूद..
तुम्हारी अठखेलियां..और फुदकना..
पर..अब लौट आओ
लौट आओ गौरैया..तुम्हारी चहचहाहट..के बिना
नहीं है खुशनुमा कोई सुबह..
लौट आओ गौरैया..
खुशनुमा उम्मीदों भरी सुबह के लिए..

❖❖❖

झगड़े...

बड़ों तक न जाने दें..हम बच्चों के झगड़े..
न जानें दे बड़ों तक..उस परमपिता तक..
हम बच्चों के झगड़े हरगिज़.....
आओ मिलकर तय कर लें.. आपस में..
सुलझा लें वाद सारे..बातचीत से..गुफ़्तगू से..
तुम्हें लगता है तुम्हारा ईश्वर बड़ा है..
और मुझे लगता है मेरा है ज्यादा समर्थ..
मैं समझता हूँ मेरा ईश्वर दयालु है..
तुम्हें लगता है तुम्हारा है अधिक दयालु..
मै मानता हूँ..बहुत सुंदर हैं देव मेरे..
तुम भी कहते हो..तुम्हारे आराध्य हैं..ख़ूबसूरत..
लेकिन निष्कर्ष निकले..
हल निकले..तय हो सके..
इसके लिए प्रथम.. उन्हें ढूँढ़ना तो होगा न..!
जांचना और परखना भी तो होगा ही..!
सिर्फ कल्पना करने या महसूस करने के
आधार पर तो दावा नहीं किया जा सकता न..
चलो पहले मिलकर ढूँढ़ते हैं उसे..
हर दिशा..हर द्वार..
सभी देवस्थानों में..इबादतगाहों में...!
शुरुआत.. वंचितों...श्रमिकों..शोषितों की बस्ती
से करते हैं..
बहुत संभव है हमारी परीक्षा लेने

वहीं कहीं छुपकर बैठा हो वो..!
और मुदित हो रहा हो..हमारी बालसुलभ..
जिज्ञासाओं पर..शरारतों पर..अठखेलियों पर
चलो सब मिलकर ढूँढे.. फिर तय करेंगे..
किसी दिन..

❖❖❖

❑❑❑

* 9 7 8 9 3 5 5 0 0 9 0 8 1 *

FCW - #0062 - 061026 - C0 - 216/140/12 - PB - 9789355009081 - Matt Lamination